D

El libro de
Trucos de Magia
del Aprendiz de Brujo

Ingeniosos trucos de magia
y sorprendentes ilusiones
para divertir a tus amigos

RBA

El libro de trucos de magia del aprendiz de brujo

TÍTULO ORIGINAL
The Book of Wizard Magic

AUTORES
Janice Eaton Kilby
Terry Taylor

ILUSTRACIONES
Lindy Burnett

DIRECTORA ARTÍSTICA
Susan McBride

EDITORES ADJUNTOS
Veronika Alice Gunter
Rain Newcomb

DIRECTORA ARTÍSTICA ADJUNTA
Hannes Charen

ILUSTRACIÓN TÉCNICA
Orrin Lundgren

DISEÑO DE LA CUBIERTA
La Page Original

TRADUCCIÓN
María Arozamena y Neus Membrado/ Torreclavero

REALIZACIÓN DE LA EDICIÓN ESPAÑOLA
Torreclavero

Primera edición: febrero de 2004

© de la edición original: 2003, Lark Books
© de las ilustraciones: 2003, Lindy Burnett
© de la edición española: 2004, RBA Libros, S.A.
Pérez Galdós, 36 - 08012 Barcelona
www.rbalibros.com / rba-libros@rba.es
Este libro fue negociado a través de Ute Körner Literary Agent, S.L.

ISBN: 84-7871-116-3
Ref.: FI-84
Depósito legal: B.-8387-2004
Impreso por Egedsa

AGRADECIMIENTOS

¿Cómo es posible que el mago haya escrito ya tres libros? ¡Tiene que ser cosa de magia! Muchísimas gracias a mis fantásticos compañeros brujos, Terry Taylor, Susan McBride, Lindy Burnett Hannes Charen, Veronika Gunther y Rain Newcomb. También quiero transmitir mi cariño a Tip, Ryan y Angela Kilby: entre ellos empezó todo. No puedo olvidarme, por supuesto, de la dama Tze, patrona universal de las brujas y artífice de todas las palabras.

JEK

¿Es posible que éste sea el último mensaje del mago desde el Más Allá?
El tiempo lo dirá.

TBT

ÍNDICE DE

MATERIAS

5

Capítulo 1
LOS ORÍGENES de la MAGIA

Cuando la gente piensa en los magos, lo primero que se le viene a la cabeza son, por supuesto, los poderes mágicos, inalcanzables para la mayoría de los mortales. ¡ABRACADABRA! Cosas que aparecen y desaparecen. ¡TACHAAAAAAN! Objetos que cambian de forma. ¡ALAKAZAAM! Cosas que vuelan, desafían las leyes de la gravedad o se desplazan de un lugar a otro sin ser vistas. Ha llegado el momento de que aprendas a hacer todo eso, joven aprendiz de mago o, por lo menos, de que la gente crea que sabes hacerlo, lo cual viene a ser casi lo mismo.

Cuando aprendas a realizar estos impresionantes juegos de manos y trucos de magia, entrarás a formar parte de una antiquísima tradición de magos, brujos e ilusionistas. Todos ellos lograron asombrar a la gente haciendo cosas que parecían imposibles, y además se lo pasaron genial con ello. Hasta que llegues a ser un mago de verdad, es muy útil tener unos cuantos trucos en la manga, que además te vendrán muy bien en los días malos. Por eso voy a compartir contigo todo lo que he aprendido sobre magia, que no es poco, considerando que tengo seiscientos años.

Muchos de nuestros mejores trucos fueron inventados hace cientos (y hasta miles) de años y proceden de todas las partes del mundo. Según la leyenda, la magia es el arte de los *Magi*, los sacerdotes de la antigua Persia, pero la verdad es que los persas aprendieron todo lo que sabían de los egipcios.

Las artes mágicas del Antiguo Egipto

Si sabes leer jeroglíficos, podrás leer un papiro que hay en un museo alemán, y que fue escrito hace 4.000 años. En él se narran las aventuras de Dedi, uno de los primeros magos que se conocen. ¿Te acuerdas de Keops, el faraón que construyó la Gran Pirámide? Pues una tarde lluviosa, sus hijos le contaron la historia de cierto mago que había convertido un cocodrilo de cera en un animal de verdad. Resulta que el cocodrilo se comió a alguien, y entonces el mago volvió a transformarlo en estatua. Sus hijos también le hablaron del mago Jajamanekh, que con un conjuro mágico dividió un lago en dos y puso una mitad encima de la otra, ¡y todo con unas palabras mágicas, sólo para encontrar una joyita que se le había perdido a una dama! El faraón escuchó a sus hijos, pensando, seguramente, que todo aquello eran fantasías de chiquillos. Pero ellos afirmaban que uno de esos magos aún estaba vivo: su nombre —decían— era Dedi, tenía por entonces 110 años y con lo que él comía cada día podían alimentarse cientos de personas. Parece que Dedi era capaz de volver a unir cabezas decapitadas con sus cuerpos y de resucitar a esas personas. Además, los leones lo seguían como si fueran gatitos y, por si fuera poco, nuestro mago conocía el trazado de las cámaras secretas del templo de Thoth, el dios egipcio de la magia. Ese detalle llamó la atención de Keops, que siempre había querido copiar los planos de esas cámaras para su propia tumba en la Gran Pirámide, y por eso envió a uno de sus emisarios al Nilo, a buscar a Dedi. En presencia de Keops, el mago cogió las cabezas de tres animales decapitados (un ganso, un pelícano y un buey), las unió a los cuerpos y los animales se fueron tan contentos, andando por su propio pie. Una vez, Keops le ofreció un humano para practicar, pero parece que Dedi rechazó la oferta. Lo mejor de todo —según cuenta un papiro— es que un león del zoo del faraón fue detrás del mago con la correa suelta.

Aunque tengo seiscientos años, todo eso sucedió mucho antes de que yo naciera y no puedo decir si es verdad o no. A lo mejor lo que pasó fue que Dedi metió la mano a escondidas en su túnica para cambiar el ganso decapitado y requetemuerto por uno vivo (aunque no tengo ni idea de cómo pudo apañárselas con el buey). En cualquier caso, NO te metas NUNCA en una jaula con un león NI cortes NINGUNA cabeza. Queda terminantemente prohibido: ahora somos más civilizados.

Este libro te enseñará cómo sorprender a tu familia y amigos con fantásticos trucos procedentes de tiempos lejanos y lugares remotos, pues además de en Egipto, en la India y en China había muchísimos magos e ilusionistas capaces de hacer desaparecer cuerdas que subían hasta perderse en el cielo (mira la página 119). En la antigua Grecia, los magos aprendían su arte en escuelas especiales, mientras que en la Roma Imperial ya existía el famoso truco de los cubiletes. La magia callejera viajaba con el Imperio Romano, y los magos realizaban artes malabares para los campesinos en la calle y para los reyes en sus castillos.

Ya en aquellos tiempos algunos temían a los magos porque pensaban que sus poderes eran sobrenaturales. Te diré un gran secreto (y que quede entre nosotros): ¡esa gente tenía razón! A los magos nos gusta tanto salir por ahí como a cualquiera, y además, ¿qué otra manera hay de poner en práctica nuestros poderes? Todos practicamos en la intimidad de nuestras cámaras secretas, pero también es divertido ver lo que podemos hacer en público.

Las brujas en España

¿Sabías que en España hay un lugar llamado Campo de Brujas, en donde hace siglos se reunían las brujas? Y es que en la Edad Media todo pueblo tenía su propia bruja. También conocidas como *meigas*, lamias, *bruxas* y adivías, esas mujeres poseían poderes especiales, y podían dedicarse a la magia blanca, invocando a espíritus benéficos, o a la negra (cosa que es muy poco recomendable). Solían ir a todas partes acompañadas por un gato, una comadreja o un sapo y hacían toda clase de conjuros y hechizos, utilizando uñas, sapos, acebo, pelos de mula, huevos de hormiga, velas y hasta guantes de personas ricas. La mayoría de las brujas utilizaban un manual de brujería llamado el *Libro de san Cipriano*, en el que se pueden encontrar recetas para lograr casi cualquier cosa, desde oraciones para aliviar un dolor de muelas hasta recetas para tener suerte en los juegos de azar o para que no falte el dinero.

Desgraciadamente, las brujas fueron objeto de una cruel persecución durante los siglos XVI y XVII y, por otro lado, como a partir del siglo XVIII la ciencia empezó a explicar el funcionamiento de la naturaleza, la magia fue perdiendo popularidad. De hecho, en el siglo XVIII muchos de mis colegas magos tuvieron que ganarse la vida haciendo espectáculos y, a veces, tenían que equivocarse a propósito en los trucos para que nadie pensara que eran magos de verdad.

PERO VOLVIENDO A LAS MEIGAS, COMO DIJO AQUÉL: «YO NO CREO EN ELLAS, PERO HABERLAS, HAYLAS».

Pinetti, el profesor romano de matemáticas y filosofía natural

Giovanni Giuseppe Pinetti (le llamábamos Gigi) era un amigo mío italiano con mucho carisma que se hizo famoso entre 1780 y 1800. Empezó siendo profesor de física, pero descubrió que con la magia se ganaba mucho más dinero. A Gigi le encantaba convencer a la gente de que sus trucos estaban basados en principios científicos secretos que había descubierto en su laboratorio, pero en realidad lo que hacía era volver a poner en escena juegos de manos que ya habían sido empleados por ilusionistas de épocas anteriores. Y es que, como decían los griegos, no hay nada nuevo bajo Helios.

Por ejemplo, Gigi podía quitarle la camisa a alguien sin sacarle la chaqueta. También leía el pensamiento, y podía atravesar con un clavo una carta que alguien del público hubiera elegido, ¡y clavarla en la pared! Mi supercertero conjuro de velocidad le vino genial para este número, aunque hasta que le salió bien Gigi lanzó a su pobre gato por la ventana unas cuantas veces. Durante su vida llenó los mejores teatros europeos y actuó incluso para el rey de Francia, el zar ruso y el rey Jorge III.

EL MISTERIO
de la dama de Azul

¿Alguna vez te has preguntado hasta dónde puede llegar el poder de la mente? Pues hasta continentes lejanos, tal como muestra la siguiente historia. Durante el siglo XVII vivió en España una monja *con poderes* llamada María Coronel de Ágreda. Por aquellas fechas los primeros conquistadores españoles y portugueses ya estaban recorriendo América y, cuando llegaron a Río Grande, en Tejas, se encontraron con una tribu de indios jumanos que ya eran católicos. Esto les sorprendió mucho, pues antes de la llegada de los conquistadores nadie en América había oído hablar de Jesucristo. Según explicaron al sacerdote Alonso de Benavides, los pieles rojas habían recibido frecuentes visitas de una misteriosa mujer vestida de azul que les había curado heridas, regalado rosarios y hablado de su religión. El padre Benavides pensó que todo eso era muy extraño, y escribió al papa y al rey de España para preguntarles quién había ido a Río Grande antes que él. Al final resultó que la dama de Azul era sor María Coronel de Ágreda, la monja con poderes, quien se había teletransportado nada más y nada menos que cuatrocientas veces hasta el desierto de Tejas para ayudar a los indios. Curiosamente, tenía su lógica que los indios vieran a una dama vestida de azul, porque los hábitos de la orden de esa monja eran azules.

Jacob Filadelfia y sus fantasmas

A finales del siglo XVIII, mi amigo Jacob Filadelfia fue el primer mago americano que recorrió Europa con gran éxito, actuando para Catalina la Grande en Rusia y para el sultán de Turquía. Jacob no sólo realizaba trucos de manos; también mostraba objetos maravillosos, como una pluma que escribía en varios colores (se la presté yo, y aunque la gente se pensaba que la había inventado Jacob, a mí no me importaba). Pero en sus actuaciones, lo que más sorprendía eran unas figuras fantasmales que brillaban y flotaban por el escenario ¡los espectadores salían corriendo del teatro, muertos de miedo! Mi amigo alemán, el escritor Johann Wolfgang von Goethe, presenció una vez una actuación de Jacob. Como muchos escritores, él sabía reconocer las buenas ideas y, unos años después, escribió *Fausto*, que cuenta la historia de un mago del siglo XVI.

Richard Potter: una historia de éxito americano

Richard Potter fue el primer mago americano que tuvo éxito en su país. Nació en 1783, y era hijo de un recaudador de impuestos de Boston y de una esclava africana. Llegó a cosechar un enorme éxito como ventrílocuo, pero además imitaba perfectamente a los pájaros y realizaba lo que él llamaba los «cien experimentos curiosos y misteriosos», que incluían (y no estoy bromeando) una «disertación sobre narices». Algunos decían que su carro estaba tirado por gansos, que podía atravesar el tronco de un árbol cuando quería y que tenía un gallo mágico. Personalmente, creo que los magos deberían ser un poco más… discretos respecto a sus poderes. Pero a Richard todo eso no le vino nada mal; de hecho, acabó siendo muy rico y viviendo con su esposa, una india muy guapa, y con sus hijos en una enorme granja.

Il signor Antonio Blitz, profesor de mecanismo y metamorfosis

En el siglo XIX, muchos magos europeos decidieron navegar rumbo a América, porque vieron que allí los magos podían ganar mucho oro. Antonio Blitz había sido iniciado en la magia por los gitanos de Moravia (lo cual quedaba muy bien en los carteles), y ofrecía espectáculos divertidos y sorprendentes con 500 canarios. Recuerdo con mucho cariño lo amable que era: en una ocasión, una niña fue a verle al camerino para pedirle que resucitara a su canario, que estaba requetemuerto. Lo que hizo Blitz fue regalarle uno de sus pájaros. Otra vez, en Filadelfia, una noche sombría y tormentosa sólo había dos espectadores en el teatro: una madre con su hijo que habían viajado desde muy lejos para ver al mago. Blitz no les defraudó, sino todo lo contrario: les ofreció su espectáculo completo, que duraba casi dos horas. No olvides nunca que los verdaderos magos tienen que ser generosos.

La reina Victoria conoce al Gran Brujo del Norte

A veces la mejor manera de ocultar algo es dejarlo bien a la vista. Y si no, ¿por qué crees que el mago escocés John Henry Anderson, que vivió en el siglo XIX, se hacía llamar el Hechicero Caledonio, el Brujo del Norte y el Napoleón de la Necromancia? Cuando la reina Victoria gobernaba Inglaterra también había en escena un Brujo del Oeste, un Brujo Real del Sur y dos brujos más del Norte. Me acuerdo perfectamente del antiguo teatro egipcio en Londres, de su telón de terciopelo, de sus esfinges y de la momia que andaba por allí suelta. Todos los ilusionistas soñaban con actuar allí y los magos íbamos a animarles.

A la realeza europea y británica la magia le gustaba con locura, como a todo el mundo. La reina le pidió al Gran Brujo que actuara con ocasión del cumpleaños de su hijo, el príncipe de Gales. Ese día, Anderson se superó: hizo levitar a su propio hijo, sacó de su caldera encantada una bandada de palomas y sirvió bebidas para todos de su botella infinita. El truco favorito de la reina era el libro de recortes mágico de Anderson. De una pequeña cartera vacía, el mago sacó sombreros, platos, un ganso vivo, jarrones de flores, peceras con pececitos dorados y, por fin, ¡al mismísimo príncipe de Gales!

Cuando por fin Anderson cruzó el charco, los americanos aplaudieron a rabiar. El mago llegó a actuar para el rey de Hawai Kamehameha IV, y entregó al monarca un guante con truco que asustaba a todo aquel que le estrechara la mano. Al rey le encantó y se empeñó en probarlo con todos sus cortesanos. Los presidentes adoraban la magia tanto como la realeza: en plena guerra civil americana, Abraham Lincoln sacó tiempo para ver los trucos de cartas del mago Carl Hermann en la Casa Blanca. ¡El propio secretario de guerra barajó las cartas! Aunque Hermann se hizo famoso por su puntería lanzando las cartas por todas partes en una ópera o en un teatro, dudo mucho que lanzase alguna al estirado presidente americano.

Robert Houdin, el mago diplomático

Bromas aparte, algunos jefes de Estado usaron a los magos para asuntos mucho más serios. En 1856, el emperador Napoleón III envió al famoso mago francés Robert Houdin a Argelia para convencer a unas tribus rebeldes del desierto para que... ¡dejaran de ser rebeldes! Como símbolos del poder francés, el mago sacó balas de cañón de su sombrero y monedas de un cofre cerrado. A continuación, hizo desaparecer a un joven árabe al que había metido debajo de un cono de tela. El público, aterrorizado, salió corriendo del teatro y días después, los líderes tribales volvieron para demostrar su lealtad a Francia.

LA REINA de la Magia

¿Qué decir de nuestras hermanas hechiceras? La mejor es la pelirroja Adelaide, de la familia Hermann, que dominó el mundo de la magia durante más de 80 años, ¡ella sí que tenía carácter! Fue una de las primeras en salir disparada de un cañón, y también en hacer su espectáculo sobre una vieja bici, de esas que son muy altas y con una rueda delantera muy grande. A los 75 años, la reina de la magia seguía de gira, sacando pañuelos de la nada y haciendo desaparecer a sus ayudantes —aunque después los hacía reaparecer—. Según los periódicos, llegó a encontrar la fuente de la eterna juventud, pero yo te voy a contar la verdad (que quede entre tú y yo). Lo que pasó fue que mi amigo, el alquimista Nicolás Flamel la conoció en París y le gustó tanto que le dio un poco de su elixir de la vida (pero tú no se lo cuentes a su mujer, ¿eh?).

Harry Kellar
o cómo HACER MAGIA
CON (CASI) NADA

Los grandes números de magia son estupendos, pero también se puede hacer magia con objetos cotidianos. Como ejemplo, me gustaría contarte una anécdota sobre el ilusionista americano Harry Kellar. En una ocasión, uno de los socios de Harry se fue de la ciudad llevándose todo el dinero de su espectáculo. Éste se quedó sin un duro, ¡pero no se rindió! Primero fue a una imprenta para que le hicieran unos carteles del espectáculo y, a continuación, pidió prestados dos juegos de naipes y una botella de cristal opaco al dueño de un bar que era amigo suyo (los quería para hacer el truco de romper el cuello de una botella y encontrar dentro el anillo), un pañal de bebé (para sacarlo de un sombrero) y unas tazas de metal (para llenarlas *mágicamente* de café, leche y azúcar). Harry volvió a tener trabajo, y las entradas para su siguiente espectáculo se agotaron en un abrir y cerrar de ojos. Cuando el escenario, el equipo y la ropa de Wiljalba Frikell (no, no me he inventado ese nombre) se quemaron en un incendio, este mago hizo algo parecido: apareció en ropa de calle sobre un escenario sin decorado e hizo trucos sencillos con objetos cotidianos y...

¡Al público le encantó!

TÚ YA ME ENTIENDES...

Querido aprendiz de mago, espero que estas historias te hayan hecho meditar sobre lo larga y variada que es la tradición de los magos. Hay que respetar a los ilusionistas de todo el mundo como se merecen, pero tampoco debes tomarte las cosas demasiado en serio. Después de todo, ¡se trata de pasarlo bien! Así que, si estás preparado para aprender a hacer magia, pasa la página y... ¡Que siga el espectáculo!

MAGICA MANUALIS

Sugerencias útiles para hacer magia

No he conocido a ningún joven mago o hechicera que no quisiera poner en práctica ante sus amigos y su familia los trucos de magia que había aprendido. He aquí unos cuantos trucos que mis amigos magos me han enseñado a lo largo de los últimos siglos.

PRACTICA, practica y practica

Tienes que practicar mucho lo que vas a decir y hacer en cada paso del truco, sin pensar en el número de personas que tienes delante. Trabaja delante de un espejo de cuerpo entero: así verás lo mismo que ve el público. Por ejemplo, debes asegurarte de que no vean cómo metes la mano en un bolsillo secreto.

Practica con los movimientos de las manos y del cuerpo hasta que te muevas con naturalidad, sin titubeos. Cuando llegue el momento de actuar, ¡ve despacio!, no hagas los trucos demasiado rápido; has de dar tiempo al público para que los capte. Haz gestos bien visibles para que los espectadores no se pierdan ningún paso. Los objetos que utilices deben estar bien colocados para que se vean. Es mejor hacer pocos trucos y bien que muchos y mal. John Nevil Maskelyne, uno de los magos mortales más famosos, sólo hacía seis trucos pero, eso sí, los bordaba.

El despiste

La clave de la buena magia es el despiste. Los magos suelen contemplar o señalar objetos o acciones que no tienen nada que ver con el efecto mágico. Mientras los miembros del público miren en esa dirección, no prestarán atención al lugar en que, ¡ejem!, se está produciendo la verdadera magia (que es lo que sucede, por ejemplo, cuando te metes un anillo en el bolsillo a escondidas). No le digas nunca al público qué efecto mágico hay que esperar en cada truco, porque si lo haces, se pondrán a fisgar donde menos te lo esperes.

Has de dominar cada truco hasta tal punto de que, mientras lo hagas, puedas hablar, hacer algo con las manos (a veces una cosa distinta con cada mano) y pensar en el próximo paso del espectáculo al mismo tiempo.

Cómo escamotear objetos con la palma de la mano

Algunos de los trucos de este libro se basan en usar objetos secretos invisibles para el público. Otros, como el del anillo que desaparece (página 44), se hacen utilizando una técnica para trucos de manos que consiste en ocultar en la palma de la mano un objeto pequeño

FIGURA 1   FIGURA 2

sin que el público se dé cuenta. Se puede empezar un truco con un objeto escondido en la palma de la mano y enseñar éste más tarde. O también se puede mostrar un objeto al público y después esconderlo en la mano mientras se les hace pensar que ha desaparecido o que se ha ido a otra parte.

En un movimiento denominado «el torniquete», el mago coge una moneda o un objeto pequeño entre el pulgar y tres dedos de la mano izquierda (figura 1). A continuación, cubre la moneda con la mano derecha, cierra los dedos y finge haberse llevado la moneda, pero en realidad lo que hace es aflojar la presión del pulgar izquierdo sobre ella, de modo que ésta cae en la base de los dedos de la mano izquierda (figura 2), donde queda retenida. Así, cuando el mago enseña la mano derecha y abre los dedos ¡halaaaa! ¡La moneda ha desaparecido!

Cuando practiques esta técnica, estudia los movimientos de tus manos en el espejo, e intenta que resulten lo más naturales posible. Si ves que algo te queda muy artificial, despista al público haciendo movimientos parecidos antes de empezar el truco; así nadie se dará cuenta de que sucede algo anormal. Otro truco: nunca te mires la mano en la que va a desaparecer un objeto o

en la que vas a realizar un movimiento secreto, porque si lo haces, el público hará lo mismo.

La labia

En un espectáculo de magia nunca puede haber silencio. O estás tú hablando, o hay música de fondo, o el público habla y se ríe. Practica lo que vas a decir mientras actúes. Eso se llama *labia*, y además de contar los pasos del truco, ayuda a despistar la atención de los presentes. En algunos trucos de este libro, te ofrezco sugerencias específicas respecto a lo que hay que decir. Adapta las historias que yo te cuento o inventa las tuyas propias. Además, voy a compartir contigo unos cuantos conjuros muy útiles (mira la página 37), que podrás usar en tu espectáculo.

Cómo preparar el escenario para un espectáculo

Decide con antelación cómo vas a usar el espacio del que dispones para actuar, ya sea un sótano o un escenario. Planea exactamente dónde vas a ponerte. Para algunos trucos, como el de la misteriosa esfera celestial (en la página 77) tienes que usar hilos invisibles para el público. Por eso es bueno que haya cierta distancia entre el público y tú, y también actuar ante un fondo oscuro (consulta el telón de fondo de la página 22). Usa iluminación tenue (las bombillas rojas son las mejores) y colócate siempre de

espaldas a la luz, para que las sombras se proyecten más allá del hilo.

Ordena los trucos de modo que el efecto dramático vaya a más (en cada capítulo he incluido un número fuerte para acabar a lo grande). Haz una lista con todos los objetos y materiales que necesitas para cada truco y colócalos bien ordenados en la zona en la que actúes. Quizá sea una buena idea ponerlos en la mesa para espectáculos de magia (página 19) o, si no, cerca de ella. Vuelve a comprobar que todo está a punto antes del espectáculo.

R-E-S-P-E-T-A al público

Es más fácil que un público feliz se crea ciertas cosas: primero, que eres un mago de verdad (así que actúa como si lo fueras); y segundo, que todo está pasando allí mismo, en ese momento y sobre el escenario (no tienen por qué saber que tienes un ayudante, como sucede con el truco de los mensajes desde el éter, de la página 132).

Un último consejo: nunca cuentes al público cómo haces tus trucos, por mucho que insistan. De verdad, hazme caso: nosotros los magos pensamos que revelar nuestros secretos a personas ajenas al mundo de la magia es de muy mala educación. Aunque alguien sospeche cómo has hecho el truco... ¡Todos serán más felices si creen que han visto magia de verdad! Además, seguramente puedas hacer magia de verdad cuando hayas estudiado un poco más.

AHORA, ¡VAMOS A HACER MAGIA!

Capítulo 2

ROPA Y ACCESORIOS MÁGICOS

Para ser un mago de éxito no basta con disponer de los accesorios adecuados; también hay que tener pinta de mago, pero no se te ocurra hacer como la hechicera griega Ericto, que se ponía un collar de serpientes vivas... A mí me resulta muy útil la túnica multiusos (la clave son sus bolsillos secretos, consulta la página 32). Añádele un toque dramático con el manto misterioso (página 26). También puedes crear una varita infalible y un pañuelo de birlibirloque para hacer levitar y desaparecer un montón de cosas (páginas 18 y 35). Si decides ir de gira con tu espectáculo, vas a necesitar un baúl para viajes de largo recorrido (mira el diseño de la página 20). ¡Ah! Y no te olvides de inventarte un nombre artístico. El novelista Charles Dickens, buen amigo mío, era también un gran aficionado a la magia y se hacía llamar el *Sin par nigromante Rhia Rhama Rhoos*. ¡Charlie jamás se conformaba con una palabra si podía decir tres!

La varita infalible

El poder de una varita mágica no depende de su longitud, sino del tiempo y el cuidado empleado para construirla. Una varita es un accesorio muy importante, y te recomiendo que elabores una fácil de manejar en escena, y que además se pueda sacar y meter de los bolsillos secretos sin problemas.

NECESITAS

• dos conteras o remates de 1 o 2 cm de diámetro
• una vara de madera de entre 30 y 40 cm de largo y el mismo diámetro de las conteras
• una sierra
• pintura acrílica negra
• un pincel pequeño
• purpurina
• un plato de plástico o una bandeja de espuma
• pegamento blanco de manualidades

INSTRUCCIONES

1. Busca unas conteras de un bastón o paraguas viejo y compra una vara de madera en la que encajen.

2. Corta la vara con la sierra para darle la longitud que desees.

3. Pinta la vara de negro y déjala secar. Dale una segunda capa de pintura para mejorar el acabado.

4. Pon la purpurina en el plato de plástico o la bandeja.

5. Aplica con un pincel una capa espesa de pegamento en la parte exterior de las conteras pero... ¡Cuidado! Que no caiga pegamento dentro.

6. *Reboza* las conteras en la purpurina hasta que queden bien cubiertas. Ponlas verticales y déjalas secar toda la noche.

7. Mete las conteras en los extremos de la varita que has pintado. Estas conteras extraíbles van a serte muy útiles cuando hagas el truco del anillo flotante de Freya (consulta la página 80).

La mesa para espectáculos de magia

Todo mago que se precie tiene una mesa para sus espectáculos. De hecho, muchos de los trucos que te voy a enseñar requieren una. En ella puedes guardar tus accesorios y hacer juegos de cartas, pero no sólo eso: también puedes dar vueltas a su alrededor y así despistar al público, o usarla como mesilla de noche en tus aposentos.

NECESITAS

- una mesita de madera redonda o cuadrada que te llegue por la cintura*
- papel de lija
- una bayeta
- pintura de látex mate negra
- un pincel
- las plantillas mágicas y los materiales para decorar de las páginas 139 y 141
- pinturas acrílicas en tono dorado, plateado, púrpura y cualquier otro color mágico
- bolígrafos de gel con purpurina
- una tira de flecos de tapicería de entre 5 y 8 cm de ancho, lo suficientemente larga para rodear el contorno de la mesa (opcional)
- la ayuda de un mago adulto
- pegamento superadherente, aplicable con pistola o palillos

* Puedes encontrarla en una tienda de bricolaje o en un mercadillo. Las mesas que tienen cajoneras bajo el tablero te pueden venir muy bien para guardar los accesorios de tu espectáculo o para esconder algún conejo.

INSTRUCCIONES

1. Lija la superficie de la mesa antes de pintarla y quita bien el polvo con una bayeta.

2. Dale al menos dos capas de pintura y deja secar entre capa y capa. El acabado mate ayuda a ocultar los hilos de los trucos de levitación.

3. Sigue las instrucciones de decoración de la página 139 o haz tus propios dibujos a mano con los bolígrafos de purpurina. Déjalos secar. Ten en cuenta que el cajón de la mesita no puede estar de cara al público; tienes que ponerlo hacia ti.

4. Pide a un mago adulto que te ayude a pegar la tira de flecos alrededor de la mesa con la pistola de pegamento superadherente o con los palillos. Si la mesa tiene cajón, éste tiene que quedar siempre por encima del fleco, para que puedas abrirlo y cerrarlo sin problemas.

EL BAÚL DE MAGO para viajes de largo recorrido

Los magos son grandes viajeros. Ya en el siglo XIX, había magos que empezaban sus giras en América, después iban en tren a Canadá, a continuación cruzaban el Atlántico para actuar en las cortes europeas y posteriormente navegaban hacia Sudamérica, haciendo escala en las islas del Caribe. Por eso, tu baúl tiene que llevar pegatinas de las distintas ciudades del mundo. También puedes decorarlo con cantos de metal resistente y atarlo bien con correas de cuero para darle un toque más auténtico (de paso, lograrás que tu hermanito no se acerque mucho a tus cosas).

NECESITAS

- una caja de cartón ondulado de embalaje, con tapa independiente
- pintura acrílica negra, verde o de cualquier otro color que te guste
- pinceles
- las plantillas mágicas de la página 141
- una regla
- un lápiz
- una bandeja para horno recubierta de papel de aluminio
- unas tijeras
- un bolígrafo de punta esférica sin tinta
- pegamento blanco de manualidades
- las plantillas de pegatinas de viajes de la página 21
- papel blanco
- rotuladores de colores
- taladro para papel
- dos correas de cuero (opcional)

CONJURANDO PINGÜINOS EMPERADOR Y FRAILECILLOS EN LA ANTÁRTIDA

¡VOILÀ! ¡MI ISLA PRIVADA!

INSTRUCCIONES

1. Pinta el baúl de un color sobrio, como el negro o el verde (tonos típicos de las maletas de viaje). También puedes lanzarte y escoger un color más *mágico*, como el púrpura. Déjalo secar. Ahora, ya puestos, escoge otro color que contraste con el anterior para pintar los diseños mágicos de la página 141. Déjalo secar.

2. Dibuja con la regla y el lápiz ocho rectángulos de 5 x 15 cm en el aluminio y recórtalos. Redondea todas las esquinas. Con el bolígrafo sin tinta, dibuja un circulito en las esquinas de los rectángulos: serán las cabezas de los clavos. Con ese mismo bolígrafo graba los clavos en relieve. Frota el centro de los rectángulos y, a continuación, dales la vuelta y frota las zonas en relieve. Después, pega dos rectángulos grabados en cada esquina del baúl.

3. Fotocopia las plantillas de las pegatinas de viajes de esta página y coloréalas con los rotuladores. Después, recórtalas, pero deja un margen de medio centímetro alrededor de cada dibujo. Con el taladro de papel, corta semicírculos en los bordes de las pegatinas (para que queden como los sellos) y pégalas en el baúl.

4. Ata el baúl con las correas y...

¡BON VOYAGE!

¡Pasen y vean!
Póster para espectáculos y telón de fondo

Los magos modernos no se cortan un pelo a la hora de promocionarse. El ilusionista caledonio John Henry Anderson soltó unos enormes globos en el cielo de Nueva York y repartió pasteles con su nombre. ¡A eso se le llama tener imaginación! Muchos magos usan en sus espectáculos grandes decorados y telones de fondo. Aquí vas a aprender a hacer tu póster y tu telón. Por cierto, los telones de fondo no tienen precio para ocultar los hilos secretos que se utilizan en algunos trucos de levitación.

Para hacer el póster

NECESITAS

- una hoja de papel blanco de 28 x 36 cm
- un ordenador (opcional)
- las plantillas mágicas de la página 141
- unas tijeras
- pegamento

INSTRUCCIONES

1. ¿Sabes qué tienen en común los pósters de los magos más famosos del mundo? Pues que todos tienen grandes letras mayúsculas, combinadas con palabras escritas en minúsculas y al menos utilizan tres o cuatro tipos de letra diferentes. Si te dejan usar el ordenador, verás que hay distintos estilos de letra: combínalos y escribe por todo el póster. Si no, también puedes hacerlo a mano.

2. Tu póster debe decir quién actúa, qué hace, cuándo y dónde lo hace. Pongamos que el que actúa va a ser UN HECHICERO MUNDIALMENTE RECONOCIDO, UN MAGO DE GRAN REPUTACIÓN. ¡Ése eres tú! Así que piensa en un nombre artístico: por ejemplo, Roberto podría ser Roberto el Magnífico, e Isabel sería Beth la Maga. ¿LO PILLAS?

3. Ahora, expliquemos qué tienes que hacer. Tu póster debería dar pistas de las maravillas que se van a ver en tu espectáculo. Tiene que quedar bien claro que tu magia es EXTRAORDINARIA, FANTÁSTICA, INCREÍBLE Y MARAVILLOSA. Para hacer el póster, hojea este libro y fotocopia unos cuantos dibujos en blanco y negro. Por mi experiencia te puedo decir que las imágenes que más llaman la atención son las de chicas levitando o las de cabezas que se separan de sus cuerpos.

4. Ahora escribe cuándo y dónde será la actuación: ¿El martes por la noche? ¿En el garaje o al aire libre, por si hay explosiones?

5. Pon algún dibujo chulo y símbolos mágicos en los márgenes.

6. Cuando lo tengas todo pegado en el póster, fotocópialo y... ¡Ya puedes empapelar la ciudad con tus carteles!

HOY ACTUACIÓN
EN EL GARAJE DE ROBERTO

QUE TODO LO VE

ROBERTO
el Magnífico

MAGIA
MILAGROSA

Para hacer el telón de fondo

NECESITAS

¡TEN CUIDADO!

- un trozo de tela negra de unos 2 m de largo para tapar la parte del escenario que necesites para actuar*
- aguja e hilo negro, o pegamento para tela
- pintura de color púrpura oscuro
- una esponja
- las plantillas mágicas y los materiales para decorar de las páginas 138 y 141 (opcional)
- pintura metálica (opcional)
- un pincel
- la ayuda de un mago adulto
- pegamento superadherente, aplicable con pistola o palillos
- una tira de flecos de tapicería, cuerda o cualquier adorno o pasamanería
- dos borlas grandes
- una grapadora o chinchetas

INSTRUCCIONES

1. Si es necesario, cose o pega las dos piezas de tela.

2. Empapa la esponja en la pintura púrpura, salpica con ella la tela y déjala secar.

3. Decora los bordes de la tela con las plantillas mágicas de la página 141 y, si quieres, escribe tu nombre artístico en la parte de arriba con el pincel y la pintura metálica. Déjalo secar. Pide a un brujo adulto que te ayude a pegar los flecos o la pasamanería a los bordes de la tela con el pegamento y coloca las borlas en los ángulos superiores.

4. Pídele también que te ayude a grapar o clavar con las chinchetas el telón en la parte de atrás del escenario

¡ÚLTIMO DÍA!

Beth la Maga

REALIZARÁ FANTÁSTICOS NÚMEROS DE LEVITACIÓN

*La longitud de la tela dependerá de lo que quieras hacer. La misteriosa esfera celeste de la página 77 requiere mucho más espacio que el anillo flotante de Freya, por ejemplo. Si el fondo del escenario es más ancho que la tela, compra más cantidad y cose los dos trozos.

El birrete mágico de sabio

Muchos se piensan que los brujos sólo llevan sombreros acabados en punta, pero eso no es cierto: a los magos nos gusta cambiar de sombrero como a todo el mundo. Mi amigo Billy Shakespeare escribió sus obras en la época de la reina Isabel I de Inglaterra, y muchas de ellas estaban repletas de hadas y de hechiceros. Por entonces había tanta gente estudiando las artes mágicas que a los magos también se les llamaba sabios y eruditos... ¡Imagínate!

Este birrete, que estaba muy de moda en esos tiempos, dará un toque de elegancia a tu puesta en escena.

NECESITAS

- cinta métrica
- papel y lápiz
- 90 cm de fieltro de manualidades del color que más te guste
- unas tijeras
- alfileres
- una aguja de coser
- hilo del mismo color que el fieltro
- cinta decorativa de unos 4 cm de ancho (opcional)*
- una pluma

*La longitud de la cinta debe ser la misma que el rectángulo del paso 2 en las instrucciones de la página siguiente.

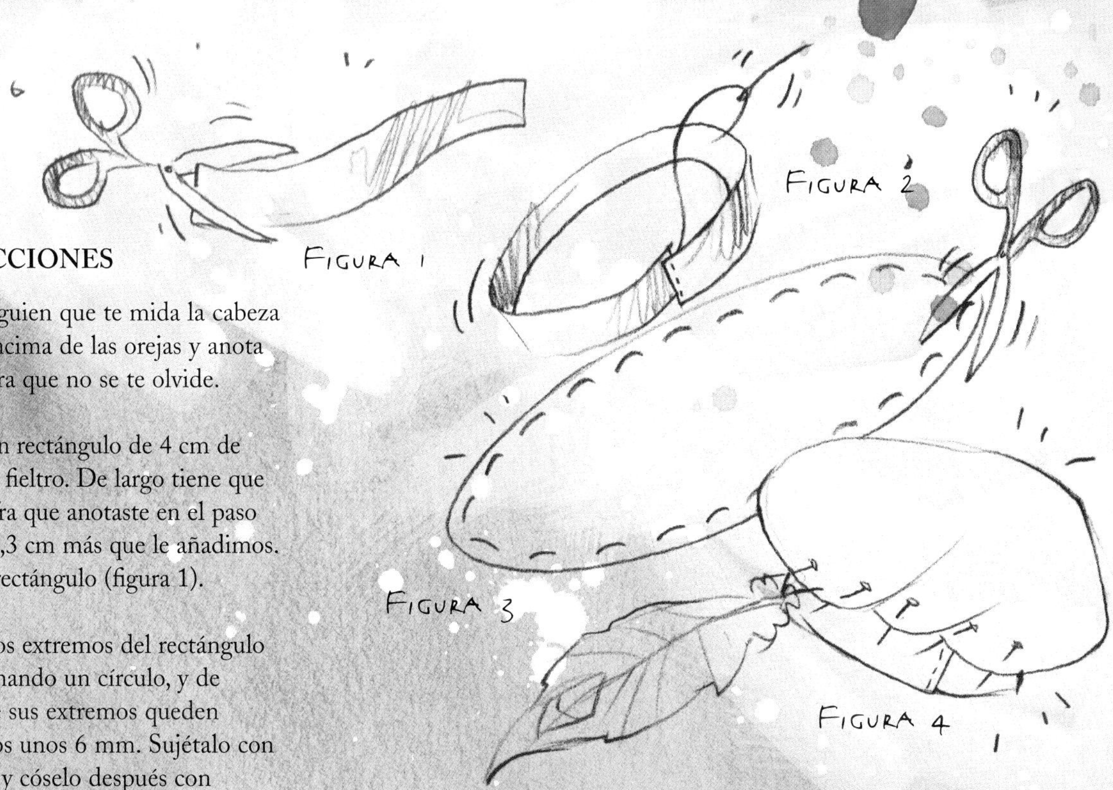

INSTRUCCIONES

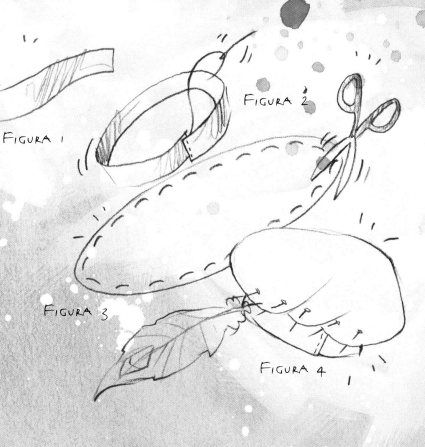

FIGURA 1

FIGURA 2

FIGURA 3

FIGURA 4

1. Pide a alguien que te mida la cabeza justo por encima de las orejas y anota esa cifra para que no se te olvide.

2. Dibuja un rectángulo de 4 cm de ancho en el fieltro. De largo tiene que medir la cifra que anotaste en el paso anterior y 1,3 cm más que le añadimos. Recorta el rectángulo (figura 1).

3. Coloca los extremos del rectángulo juntos, formando un círculo, y de manera que sus extremos queden superpuestos unos 6 mm. Sujétalo con los alfileres y cóselo después con puntadas pequeñas y rectas (figura 2). Este círculo será la banda del birrete.

4. Pon la banda circular sobre la mesa y redondéala al máximo. Mide el diámetro del círculo y anota esa cifra en un trozo de papel.

5. Dibuja en el fieltro un círculo grande cuyo diámetro sea tres veces el del paso 4. Recórtalo.

6. Enhebra una aguja con una hebra larga y haz un nudo al final del hilo. Hilvana el borde del círculo grande con puntadas grandes y rectas (figura 3).

7. Cuando hayas hilvanado todo y llegues al nudo, frunce el círculo con suavidad hasta que quede con forma como de bolsa. Mete el lado fruncido de la bolsa dentro de la banda, de manera que quede bien ajustado, y sujétalo con alfileres (figura 4).

8. Cose la banda al lado fruncido del fieltro con aguja y doble hilo y, cuando termines, quita los alfileres.

9. Da la vuelta a la bolsa. Si quieres, puedes coser la cinta decorativa por fuera de la banda, metiendo por debajo la parte donde se juntan sus extremos. Ahora, cose la pluma al sombrero con unas puntadas y... ¡Póntelo!
¡Ahora sí que eres un sabio de los pies a cabeza!

¡YA ERES UN SABIO DE VERDAD!

El manto misterioso

Todo el mundo sabe lo elegantes que son los magos... Les encanta impresionar por su ropa. Con este manto podrás dar vueltas y más vueltas, y dejar a tu público boquiabierto. Dará un toque misterioso a tu ropa y, además, resulta impresionante con la túnica de mago. Pero eso no es todo: también tiene un secreto: tiene unos bolsillos cosidos por dentro que resultan de lo más útil para los trucos en los que *desaparecen* cosas.

NECESITAS

- cinta métrica
- un trozo de tela (lee el paso 1)
- alfileres
- una calculadora
- un lápiz o una tiza
- una regla
- unas tijeras
- un hilo del mismo color que la tela
- una aguja de coser
- 90 cm de cinta decorativa

MATERIALES OPCIONALES PARA DECORAR EL MANTO

- las plantillas mágicas de la página 141
- cinta para pegar dobladillos
- pinturas o tintas para telas
- sellos de caucho
- una plancha

INSTRUCCIONES

1. Decide lo largo que quieres que sea el manto. «Tómate las medidas» con la cinta métrica, es decir: mídete el cuello a la altura de los hombros, mide después la distancia que hay entre el hombro y el punto hasta donde quieras que te llegue el manto: hasta los pies, barriendo el suelo o un punto intermedio. Tendrás que comprar tela suficiente como para cortar un cuadrado con esas medidas. La capa se hace cortando un cuadrado de tela, doblándolo y recortando en él un círculo. Por ejemplo, si quieres que la capa tenga 91 cm de largo, tendrás que comprar una pieza de tela que mida unos 182 cm de largo por 182 cm de ancho, o puedes coser dos trozos de tela. Pero... ¡Aún falta la capucha! Así que calcula otros 45 cm de tela más.

2. Dobla el cuadrado de tela por la mitad a lo largo y después a lo ancho, y sujeta las cuatro capas con alfileres.

3. Mídete el cuello y, con la calculadora, divide este número entre 3,14. Después, divide el resultado de la operación anterior entre 2. La cifra resultante te indicará la medida del escote. Desde la esquina de la que parten los dobleces, y con ayuda de una regla, dibuja un arco de esa medida en la tela con el lápiz o la tiza (figura 1).

4. Dibuja otro arco en la parte inferior de la capa, midiendo desde la esquina de la que parten los dobleces una distancia igual a la del largo del manto (figura 2).

5. Recorta las líneas de las cuatro capas de tela (figura 3) y recorta uno de los dobleces para hacer la abertura delantera.

6. Cose o pega con la cinta adhesiva los dobladillos de la capa.

7. Corta la cinta decorativa por la mitad y cose un trozo a cada lado de la abertura del escote.

8. Recorta unos rectángulos de tela para hacer los bolsillos y cóselos en el interior del manto, en la parte delantera, a la altura de la cintura. Si lo prefieres, puedes pegarlos con la cinta de pegar dobladillos. Para que pasen desapercibidos, el lado que se ve debe ser del mismo color que el del interior del manto. Es decir, si en el interior del manto la tela está del revés, el bolsillo tiene que quedar también por el lado del revés.

9. Si la tela es lisa, puedes decorar el manto a tu gusto; para ello, sigue las instrucciones para decorar tela de la página 138.

FIGURA 1

FIGURA 2

FIGURA 3

La bolsa de visto y no visto

A principios del siglo XIX un amigo mío inglés, Isaac Fawkes, se hizo famoso por sus juegos de manos. De una bolsita vacía sacaba monedas, huevos ¡y hasta una gallina viva! Este accesorio, que es muy fácil de hacer, no puede faltar en el baúl de ningún mago. Haz varias bolsas a la vez y tenlas a mano para practicar: así podrás hacer desaparecer objetos o transformarlos cuando te apetezca. Tus compañeros alucinarán cuando hagas desaparecer una moneda. Pero recuerda que después hay que devolverla, ¿eh? ¿Que por qué? Pues porque te lo digo yo.

NECESITAS

- bolsas de papel marrón (para cada bolsa de visto y no visto, te harán falta dos)
- unas tijeras o un cúter
- un lápiz
- pegamento de barra
- las plantillas mágicas y los materiales para decorar de las páginas 138 y 141 (opcional)

INSTRUCCIONES

1. Abre la bolsa. Los pliegues de los lados te servirán para saber por dónde tienes que cortarla. Recorta con cuidado por los pliegues señalados con líneas de puntos (figura 1).

2. Guarda una de las partes (que vamos a llamar B) y tira la otra (A).

3. Coloca la parte B plana sobre la mesa, con los dobleces hacia arriba. Extiende el pegamento de barra por todos los lados, menos por la parte superior (figura 2).

4. Abre la segunda bolsa y ponla tumbada sobre la mesa. Da la vuelta a la parte B de la primera bolsa (a la que has dado el pegamento) y métela con cuidado en la bolsa nueva. Alinea la parte superior de ambas bolsas y aprieta los lados que tienen pegamento contra los de la bolsa nueva (figura 3).

5. Para impresionar más y despistar al público, es mejor decorar las bolsas pintando, dibujando o estampando sobre ellas los diseños mágicos de este libro. Por otra parte, si vas a hacer magia en un sitio *normalito*, como puede ser el comedor del colegio, quizá sea es mejor pasar más desapercibido y usar bolsas sin adornos.

El truco: cómo hacer desaparecer objetos con esta bolsa

Este truco es de lo más sencillo. Puedes hacer desaparecer fácilmente objetos planos, como billetes, fotos de tus amigos y monedas pequeñas. ¡Quién sabe! A lo mejor tus amigos también te piden que hagas desaparecer los suspensos de sus notas.

INSTRUCCIONES

1. Coge la bolsa y ábrela con el bolsillo secreto hacia ti. Sujeta la bolsa con la mano izquierda, de modo que el bolsillo secreto quede casi cerrado. Coloca el pulgar izquierdo fuera de la bolsa y el dedo índice dentro del bolsillo (para que quede abierto). Mete los tres dedos restantes en la parte principal de la bolsa (figura 5). El público no va a estar contando los dedos que se te ven, ¡a menos que esté muy atento!

2. Mantén la boca de la bolsa ligeramente inclinada hacia ti, para que el público no pueda ver el bolsillo secreto.

3. Escoge el objeto que quieras hacer desaparecer (una moneda, una factura o una foto de alguna persona del público). Cógelo con la mano derecha y deslízalo con cuidado en el bolsillo secreto.

4. Ahora, pon la bolsa sobre la mesa con el bolsillo hacia ti y anuncia al público que vas a hacer desaparecer el objeto.

5. Coge la bolsa con la mano izquierda, manteniendo bien cerrado el bolsillo secreto y pronuncia las palabras mágicas. Sujeta la parte delantera de la bolsa con la mano derecha, rómpela tirando hacia abajo y enseña al público el interior de la bolsa, que, por supuesto, estará vacío (figura 6).

6. Una vez acabado el truco, esconde la bolsa para que el público no vuelva a verla. También puedes estrujarla, hacer con ella una bola de papel y tirarla a la parte de atrás del escenario... Y ahora... ¡A por el siguiente truco!

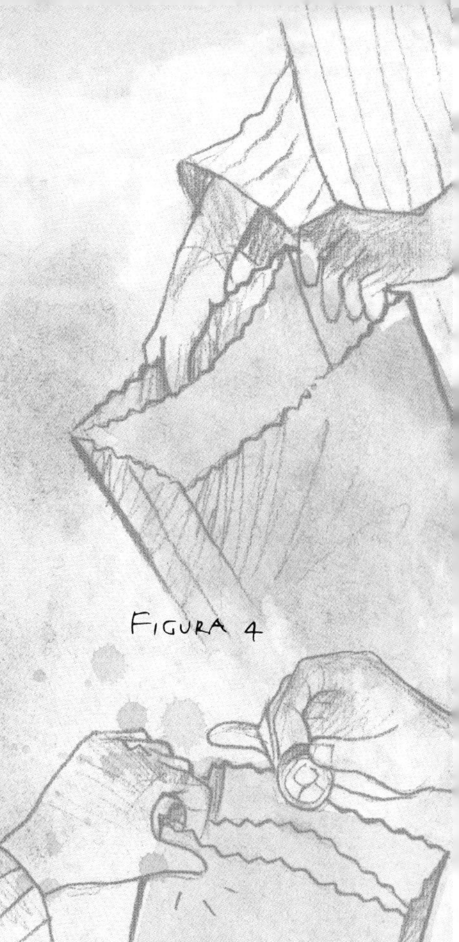

FIGURA 4

FIGURA 5

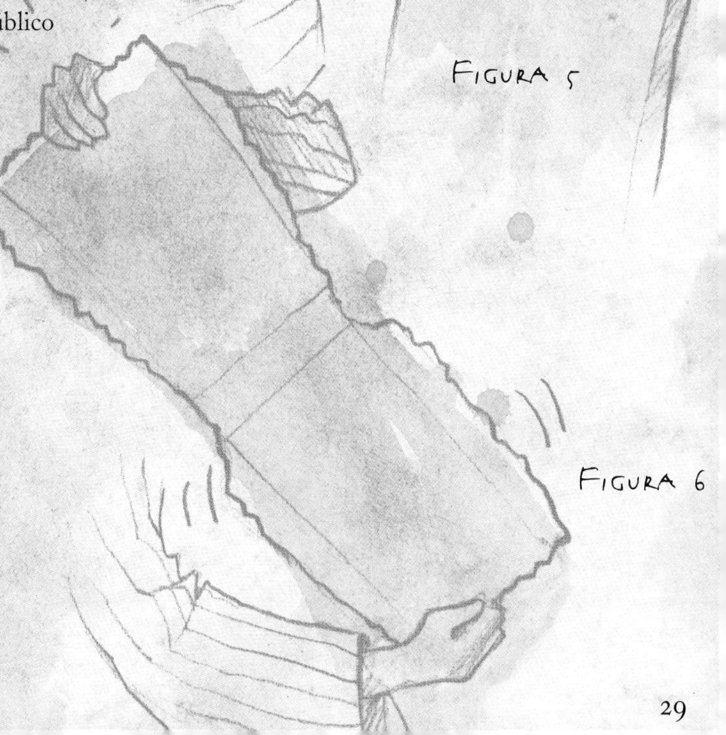

FIGURA 6

El sombrero de copa

Hace tiempo, los sombreros de copa distinguían a los caballeros elegantes, pero los magos también los utilizaban y, por cierto, con mucha picardía, ya que aprovechaban su tamaño para esconder dentro cualquier cosa: palomas, conejos... El mago americano Richard Potter llegó incluso a freír un huevo en el suyo... Hoy es muy difícil verlos por la calle, a menos que tengas una máquina del tiempo, claro. Como no se puede hacer ningún espectáculo de magia sin un buen sombrero de copa, aquí te explico cómo hacerte uno bien chulo.

NECESITAS

- un amigo mago que te ayude
- cinta métrica
- papel y un lápiz
- cordel
- unas tijeras
- papel de periódico
- poliespán* de cualquier color
- pegamento blanco de manualidades o pegamento superadherente, que puedes aplicar con pistola o con palillos especiales.
- cinta adhesiva
- clips

*Si quieres, puedes hacer un sombrero de copa con fieltro rígido o con cartulina. Si lo haces con estos materiales, tendrás que añadir pequeñas solapas para unir la copa con el ala.

FIGURA 1

FIGURA 2

FIGURA 3

FIGURA 4

FIGURA 5

INSTRUCCIONES

1. Pide a tu amigo que te mida la cabeza por encima de las orejas y anota esa cifra.

2. Corta un trozo de cuerda que tenga esa medida.

3. Extiende una hoja de periódico, coloca la cuerda en medio y forma con ella un círculo. Traza el contorno de ese círculo con un lápiz (figura 1).

4. Recorta el círculo y apártalo. Luego, ponte en la cabeza la hoja de periódico en la que has cortado el agujero y comprueba si se te entra bien. Puedes hacerlo más grande recortando un poco más el borde, o bien hacerlo más pequeño, colocando el papel sobre otra hoja y trazando en ella el contorno del círculo por dentro. Después, recórtalo, y cuando el agujero se te ajuste perfectamente a la cabeza, ya podrás empezar a hacer el sombrero.

5. Coloca el círculo de papel de periódico encima del poliespán, el fieltro o la cartulina y traza el contorno del círculo.

6. Traza unos puntos que queden entre 2 y 4 cm al borde del círculo y únelos todos a lápiz. Primero, corta el círculo interior y luego el exterior. El círculo exterior será el ala del sombrero (figura 2).

7. Puedes confeccionarlo de la altura que tú quieras, pero ten en cuenta que 30 cm es una altura adecuada para un sombrero de copa. Traza un rectángulo en el material que hayas elegido para hacer el sombrero: su altura va a ser la del sombrero, y su anchura, la longitud de la cuerda que cortaste en el paso 2, añadiéndole una solapa de 1,5 cm. Si estás haciendo el sombrero con otro material, añade unas solapas por la parte más larga del rectángulo. Dibuja una línea a 1,5 cm del borde del lado más largo del rectángulo y recórtalo (figura 3).

8. Enrolla el rectángulo formando un cilindro y colócalo sobre el ala del sombrero. Después, mét elo, apretando, en el círculo interno (figura 4) y haz una marca en el punto donde los bordes se juntan.

9. Pega los extremos del cilindro por la marca que has hecho donde se juntan con el pegamento. Para sujetar el cilindro mientras se seca el pegamento, puedes utilizar la cinta adhesiva o los clips.

10. Aplica una línea fina de pegamento en la parte interior del ala y otra en el lado exterior e inferior del cilindro. A continuación, pon el cilindro dentro del ala. Si es necesario, usa trozos de cinta adhesiva para sujetar el cilindro al ala, pero deja que el pegamento se seque totalmente.

11. Utiliza el círculo de papel de periódico que cortaste en el paso 4 para trazar un círculo en el material elegido para hacer el sombrero, y luego, recórtalo.

12. Coloca el círculo que acabas de recortar encima del cilindro (figura 5) y ajústalo lo que haga falta para meterlo en el cilindro. Finalmente, pega el círculo encima del cilindro y... ¡Ya tienes tu sombrero!

La túnica multiusos

Si esta túnica pudiera hablar, cada vez que te dirigieras a un escenario, diría algo así como: «Aquí estoy yo, y la persona que me lleva tiene conocimientos mágicos y poderes desconocidos para VOSOTROS, ¡oh, mortales!». La prenda ha sido diseñada con prácticos bolsillos y compartimentos secretos en las mangas, ideales para esconder una bandada de murciélagos o un montón de monedas que antes habrás hecho desaparecer. También puedes utilizar la túnica para realizar otras actividades relacionadas con la magia.

NECESITAS

- un amigo mago que te ayude
- cinta métrica
- tela (para la medida, ver paso 1)*
- un lápiz o una tiza
- alfileres
- unas tijeras
- una aguja de coser e hilo del color de la tela
- máquina de coser (opcional)
- cinta para pegar dobladillos o pegamento para telas (opcional)
- una plancha
- las plantillas mágicas de la página 141

*Una tela lisa de cualquier color es fácil de decorar siguiendo las instrucciones y los diseños de este libro, pero si prefieres, también puedes escoger una estampada.

INSTRUCCIONES

Para hacer la túnica

1. Para determinar la cantidad de tela que necesitas, pide a tu amigo que te tome medidas. Ponte de pie, con los brazos caídos a los lados, y dile que mida la distancia entre la parte superior de tu hombro y el suelo. Suma a esa cantidad 2,5 cm para el dobladillo y multiplica esa cifra por 2: la cantidad resultante será la longitud de tela que necesitas. Ahora extiende los brazos y dile que te mida de muñeca a muñeca, pasando el metro por la parte posterior de los hombros, y suma 5 cm para los dobladillos de las mangas. Esta medida determinará la anchura de tela que necesitas. Por lo general, una tela de 115 cm de ancho es más que suficiente para magos menores de 10 años. Si eres mayor o si tienes los brazos largos, compra una tela más ancha o cose un trozo de tela en las mangas. Además, tienes que comprar unos 50 cm de tela más para hacer los bolsillos secretos de la túnica. A continuación, mídete el cuello y, por último, la cara interna del brazo, es decir desde la muñeca a la axila, y resta 5 cm. Anota cuidadosamente todas esas medidas, porque más adelante tendrás que recurrir a ellas.

2. Dobla la tela por la mitad, de modo que el derecho de la tela quede por dentro y el revés por fuera. Extiende el tejido doblado sobre una mesa grande o en el suelo, alisando las arrugas, y sujeta los bordes inferiores con alfileres por varios sitios.

3. Ahora, dobla otra vez la tela por la mitad, esta vez a lo ancho, de modo que queden cuatro capas superpuestas y sujeta los bordes con alfileres (figura 1).

FIGURA 1

4. Divide entre dos la cifra correspondiente a la medida entre tus muñecas, incluyendo los 5 cm de los dobladillos. El número resultante será la longitud de la manga. Partiendo de la esquina de donde salen los dobleces, mide y marca esa medida en la tela.

5. Ha llegado el momento de decidir la anchura que quieres para las mangas: la ideal está entre 30 y 40 cm. Sitúate en el borde de la tela que ha quedado abierto y, con el lápiz o la tiza, haz una señal a la altura deseada. Partiendo de esa señal, traza una línea equivalente a la longitud de la cara interna de tu brazo. Debe ser paralela al borde superior de la tela (figura 2).

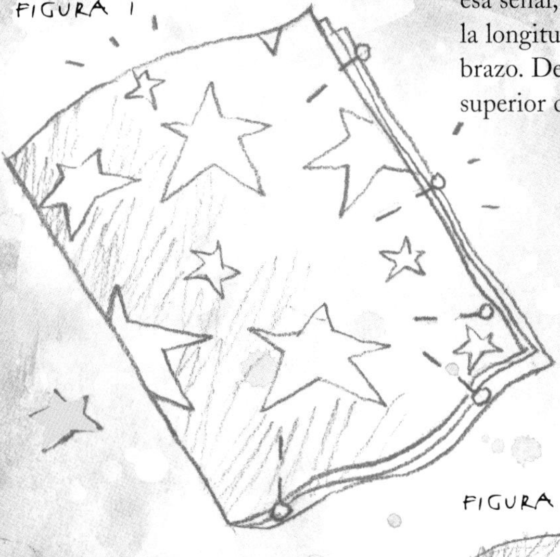

FIGURA 2

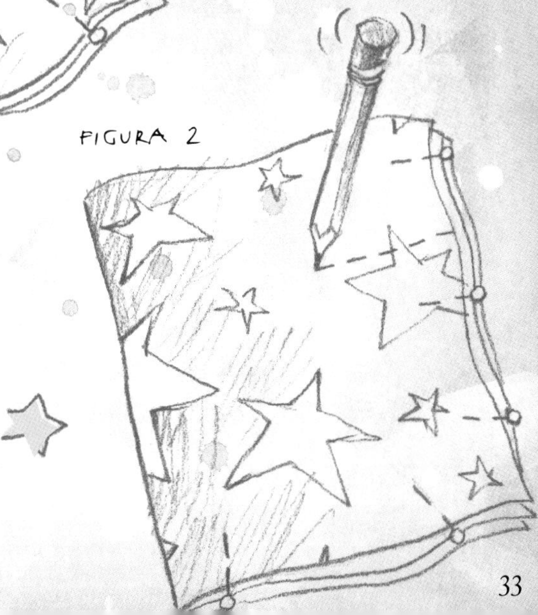

6. Traza una línea que una el final de la manga con la esquina inferior izquierda del tejido que ha quedado abierta (figura 3).

7. Para el escote, divide la medida del cuello entre 6. Sitúate en el punto del que parten los dobleces (la esquina superior izquierda) y, a partir de ahí, mide y marca puntos en los bordes superior y lateral, con esa longitud. Une los puntos señalados con una línea curva formando un arco (figura 4).

8. Recorta las cuatro capas a la vez por las líneas que acabas de trazar: escote, mangas y lados (figura 5).

9. Abre la túnica y extiéndela, de modo que quede en forma de T y con el doblez arriba.

10. Cose las costuras laterales y las de las mangas, dejando un dobladillo de 1,3 cm aproximadamente.

11. En vez de coser los dobladillos de las mangas y la parte inferior de la túnica, puedes pegarlos con la cinta adhesiva para dobladillos o el pegamento para telas.

12. En el centro de la parte delantera y partiendo del escote, haz un corte que baje por el centro de la túnica.

13. Remata los lados también con la cinta adhesiva para dobladillos o con el pegamento para telas.

14. Traza en la tela dos rectángulos de tela de unos 20 x 25 cm cada uno para los bolsillos. Recórtalos y colócalos a la altura de las caderas. Te resultarán muy útiles para hacer desaparecer objetos. Además, cuantos más bolsillos tenga tu túnica, más objetos podrás esconder: la varita mágica, el anillo, las cartas y el pañuelo de birlibirloque. Si has escogido una tela lisa, puedes calcar en los bolsillos algún que otro diseño mágico de la página 141 antes de pegarlos o coserlos. Consulta las instrucciones de decoración de la página 138.

15. Traza y recorta dos rectángulos de tela de 10 x 12 cm. Cose o pega estos bolsillitos a unos 2,5 cm del dobladillo de la parte inferior de la manga (por dentro de ella), por la costura. Así será fácil meter la mano y usarlos para esconder objetos.

FIGURA 3

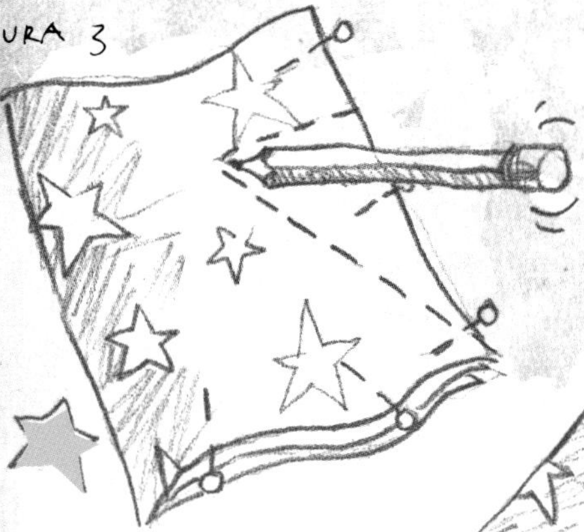

FIGURA 4

FIGURA 5

El pañuelo de birlibirloque y cómo lograr que una moneda se esfume

En el mundo de la magia, los pañuelos no sólo sirven para sonarse los mocos. Con un poquito de práctica vas a hacer desaparecer monedas, cartas y anillos, dejando boquiabierto al público. Si decoras el pañuelo a juego con tu túnica o tu capa no vas a pasar desapercibido. Pero queda terminantemente prohibido usarlo para hacer desaparecer y así perder de vista a tus hermanos pequeños, pues tus padres podrían enfadarse.

NECESITAS

- dos pañuelos lisos o estampados
- las plantillas mágicas de la página 141
- alfileres
- una aguja de coser
- hilo del mismo color que el pañuelo
- cierres de velcro autoadhesivos (pequeños y redondos)
- una plancha

INSTRUCCIONES

1. Compra dos pañuelos iguales, lisos o estampados. Si los prefieres lisos, decóralos como quieras, pero mira primero las instrucciones para decorar de la página 138.

2. Extiéndelos y plánchalos bien. Luego, coloca un pañuelo sobre el otro, de modo que los bordes coincidan y sujétalos con alfileres.

3. Cose los pañuelos por los lados, dejando 5 cm sin coser en una esquina.

4. Cose en los dos pañuelos juntos una línea de puntadas en forma de V, de manera que se forme un bolsillo (figura 1). Pega un par de cierres de velcro en la parte que habíamos dejado sin coser en el paso 3.

El truco: cómo lograr que una moneda se esfume con este pañuelo

Este truco de magia es de lo más sencillo. Para ponerlo en práctica, has de usar una moneda bastante grande. Cuanto más practiques, más fácil será hacerlo. Cuando te hayas convertido en todo un experto en el arte de hacer desaparecer monedas, puedes intentar que se esfumen otros objetos que previamente habrás entregado al público.

1. Antes de empezar el truco, mete una moneda en el bolsillo secreto del pañuelo de birlibirloque. Sujeta el pañuelo por los picos (¡con el bolsillo abierto hacia arriba!) y enséñaselo al público por los dos lados. A continuación, pide a alguien del público que te preste una moneda (debe ser IGUAL que la que tienes escondida en el pañuelo). Entretanto, ponte de nuevo el pañuelo en la mano, de tal modo que la moneda que está escondida dentro quede sobre la palma abierta de tu mano izquierda (figura 1).

2. Coloca la moneda que te han prestado justo encima de la otra moneda. Sujeta ambas con los dedos de la mano derecha (figura 2). A continuación, da la vuelta al pañuelo y sujeta las monedas por el otro lado, de tal modo que te tape la palma abierta de la mano derecha. En esa postura, la moneda prestada estará sobre la palma de la mano, tapada por el pañuelo.

3. Agarra la moneda que está escondida dentro del pañuelo con la mano izquierda. Al mismo tiempo, dobla ligeramente los dedos de la mano derecha y haz resbalar la moneda oculta en la palma de tu mano, sujetándola con

el hueco que queda entre la palma y los dedos. Eso se llama posición dedo-palma (figura 3).

4. Pide a la persona que te dio la moneda que la coja con los dedos a través del pañuelo —en realidad, estará cogiendo la moneda que tenías escondida—. Mientras lo hace, tú has de doblar los dedos de la mano derecha alrededor de la moneda escondida. Deja caer el brazo derecho y desliza la moneda en uno de tus bolsillos mientras despistas al público con alguna historia.

5. Cuando estés preparado para hacer desaparecer la moneda escondida, coge la esquina inferior del pañuelo, di en voz alta uno de los conjuros de la página 37 (el que quieras) y sacúdelo bien. A continuación, llévalo hacia ti.

6. Coge el pañuelo por dos esquinas (con el bolsillo secreto hacia arriba) y enséñaselo, vacío, al público: se quedarán alucinados. Más tarde, cuando metas la mano en el bolsillo para sacar la varita o las cartas, *encontrarás* la moneda que te prestaron. No te olvides de devolverla.

Conjuros útiles

Es lógico pensar que cuando hagas magia, necesitarás al menos un par de conjuros. Pero no hace falta que llegues al extremo del mago griego Apolonio, quien, según la leyenda, hablaba todos los idiomas del mundo, incluyendo las lenguas de los animales y las de los pájaros. Tampoco es necesario que imites a los brujos sudamericanos, cuyos conjuros adoptaban forma humana para poder obedecer sus órdenes.

Hay conjuros que los magos conocen desde hace siglos. Otros, en cambio, puede que te resulten novedosos, incluyendo los que he inventado yo mismo (no hace falta que me des las gracias). También puedes enseñarle una palabra al público y, a continuación, pedir que te echen una mano repitiendo a gritos esa palabra cada vez que tú les hagas una señal. Esta técnica también es muy útil para despistar al público en el momento crucial de un truco. Consulta la página 14 para aprender más trucos prácticos de magia.

¡Sator Arepo Tenet Opera Rotas! ¡Milon Irago Lamal Ogari Nolim! En la Edad Media, muchos magos se servían de palíndromos, o sea, de frases y palabras que se leen igual al derecho que al revés y, además, impresionan si los usas como ensalmo mágico mientras haces un truco de magia en escena. Puedes poner uno en tu telón de fondo (página 23) para que dé un toquecito de misterio.

¡AIGAM AL AJRUS EUQ!

Trata de escribir una frase mágica —o tu nombre— al revés, y después pronúncialo en voz alta. ¿A que suena a magia? También puedes sostener la frase ante un espejo para que aparezca reflejada en él, creando instantáneamente una inscripción mágica en una lengua secreta.

¡YO TE LO ORDENO!

La magia hace que las cosas sucedan, ¿no es cierto? He aquí unos conjuros míos que resultan muy útiles. Haz una prueba: combina unos cuantos entre sí para crear una frase: ninguna regla te prohíbe hacer tus propios conjuros. Mis colegas magos, como Hocus Pocus, me trajeron algunos conjuros, digamos... muy imaginativos.

¡Levitatus! ¡LevánTAte!

¡Flotatus! ¡FloTA!

¡Fugit! ¡VeTE!

¡Gravitus Desistas! ¡HúnDEte!

¡Apparere! ¡ApaREce!

¡Disapparere! ¡Desaparece!

¡Citatia! ¡Ven aquí!

¡Accelera! ¡Acelera!

¡Capta! ¡Coge!

¡Repitatus! ¡Otra vez!

¡Abracadabra! Consulta la página 128 para leer mi explicación de esta famosa frase.

¡Shazaam, Alakazaam! Su significado se ha perdido en el tiempo, pero ¿a que suena bien?

El anillo clarividente y el truco de la carta transparente

Todo brujo en condiciones debería llevar en el dedo una piedra preciosa bien hermosa. Y si además tu anillo tiene un componente secreto que te permite ver *a través* de la parte posterior de una carta, nadie tiene por qué enterarse.

NECESITAS

• un anillo liso para el dedo índice de la mano en la que tengas menos habilidad (por ejemplo, si eres diestro, el anillo debe ir en el índice de la mano izquierda y si eres zurdo, en el de la derecha).
• pegamento de cianoacrilato
• un espejo pequeño
• una enorme piedra preciosa de juguete
• una baraja de cartas
• un vaso transparente tan grande como para meter dentro una baraja de cartas en vertical

INSTRUCCIONES

1. Pega la joya de plástico en un lado del anillo y déjalo secar.

2. Pega el espejo al otro lado del anillo, de manera que la parte brillante (la que refleja) quede hacia fuera. Deja secar.

El truco: la carta transparente

1. Ponte el anillo en el dedo índice de la mano izquierda (si eres diestro), de tal forma que el público no pueda ver el espejo. Por eso es importante que la joya sea lo más grande posible.

2. Ofrece las cartas a alguien del público para que las vea y las baraje.

3. Sujeta el vaso con la mano izquierda y pide al espectador que acaba de examinar las cartas que las meta en el vaso con el reverso hacia ti (y de cara al público, claro).

4. Sostén el vaso con los dedos de la mano izquierda, de modo que te quede casi a la altura de los ojos. Coloca el dedo índice de esa misma mano de manera que la primera carta del mazo se refleje en el espejo (la carta está a la vista del público).

5. Levanta esta primera carta de la baraja con la mano derecha para enseñársela al público. Sin darla la vuelta y gracias al espejo secreto, podrás *adivinar* cuál es. Y así, una detrás de otra.... El público pensará que estás hecho todo un mago, y que puedes ver a través de las cartas.

Capítulo 3

VISTO Y NO VISTO

TRUCOS DE APARICIONES Y DESAPARICIONES

En el mundo de la magia, los números de apariciones y desapariciones son fundamentales. Te recomiendo que aprendas los secretos de la varita evanescente y del anillo mágico que desaparece (páginas 42 y 44). ¿Sabes lo que significa sugestionar al público? Pues en el gremio de los magos quiere decir saber usar tus encantos personales y tu comportamiento en escena para lograr que la gente vea lo que tú quieres que vea. Pocos magos saben de dónde procede esto... Hace muchos años, los seres encantados hacían unos conjuros llamados «glamour de hada» (ya sabes, una bruja que se disfraza para que un mortal piense que es sólo una linda damisela, un príncipe convertido en rana... ese tipo de cosas). Y hablando de ranas y de otros animales, voy a enseñarte a sacar un animal de la nada en el truco del búho que sale de una caja (página 48).

La doble varita evanescente

Como ya eres todo un mago, seguramente habrás usado alguna vez tu varita mágica para convocar a genios serviciales o para hacer desaparecer a algún enano asqueroso. Aquí te enseño a hacer una varita que aparece y desaparece cuando se lo ordenas. Se trata de un buen truco para romper el hielo.

NECESITAS

- dos hojas de papel blanco de 21 x 28 cm aproximadamente
- dos varitas de madera de 1,5 cm de diámetro aproximadamente, una de 30 cm de largo y la otra de 5 cm
- pegamento blanco de manualidades
- un lápiz
- una regla
- pintura acrílica negra
- un pincel
- una mesita que te llegue por la cintura (consulta la mesa para espectáculos de la página 19)
- una hoja de periódico o un papel de regalo de colores

INSTRUCCIONES

1. Enrolla una hoja de papel blanco alrededor de la varita larga (figura 1) y aplica pegamento en el borde del papel. Haz lo mismo con la varita más corta y la otra hoja de papel. Déjalas secar.

2. Empuja la varita pequeña con el lápiz hasta que asome por el extremo del tubo de papel (figura 2).

3. Mide 2,5 cm desde cada uno de los extremos de las varitas y señala esa distancia a lápiz.

4. Pinta la sección central de cada tubo en negro, dejando los extremos (de 2,5 cm cada uno) sin pintar, de color blanco. Ahora ya tienes dos varitas idénticas: una sólida y otra casi hueca.

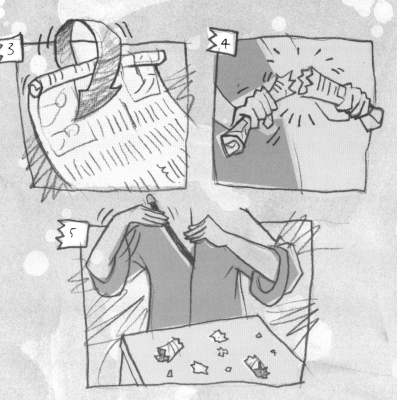

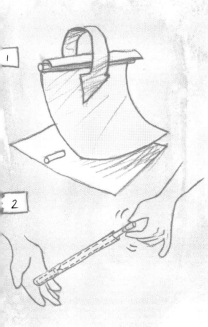

La actuación

1. Coloca la mesa frente al público y extiende la hoja de periódico encima. Sal de la habitación.

2. Escóndete la varita dura en la túnica y sujeta la otra varita con las yemas de los dedos de ambas manos y vuelve al escenario.

3. Da un golpecito en la mesa con el lado duro de la varita y anuncia: «Por favor, los que dudan que yo sea un verdadero mago ¡que permanezcan muy atentos!». Di, con la varita hacia arriba y fingiendo indiferencia: «Cualquiera puede esconder una varita mágica envolviéndola con papel de periódico» y, a continuación, envuelve la varita en el papel de periódico (figura 3). «Pero ¿sería capaz una persona cualquiera de hacerla desaparecer?». Dobla el tubo de papel de periódico enrollado con la varita pequeña en su interior por la mitad, y rómpelo en pedazos, escondiendo el trocito de madera bajo el montón de papeles. A continuación, métete la mano en la túnica y di: «Vosotros ya sabéis lo que pasa con las varitas mágicas, ¿no?». Entonces, saca la otra varita de tu túnica y, mientras das golpecitos con ella en la mesa, di: «Que, de repente, ¡reapareceeen!» Haz una reverencia al público y abandona la sala.

El truco del anillo mágico que desaparece

Jules de Rovère era un elegante aristócrata francés. Ya desde muy joven era un poco *raro:* en aquella época le encantaba dar vueltas por las tiendas de magia de París y hacer juegos de manos. Él fue quien inventó la palabra *prestidigitación* para describir cómo un mago hace uso de movimientos ocultos con sus manos para crear ilusiones. Tendrás que aprender esos movimientos para realizar este truco, y además aprenderás a hacer un anillo mágico.

NECESITAS

- dos anillos idénticos. Han de ser de plástico duro y lisos, y de la medida del dedo anular de la mano con la que tengas menos habilidad*
- un lápiz
- una sierra de marquetería
- papel de lija fino o un estropajo
- dos canicas grandes o dos piedras preciosas de juguete
- pegamento para joyas
  - un pañuelo liso o un pañuelo de birlibirloque (página 35)
  - un voluntario del público

* Si eres diestro, el anillo debe ser de la medida del dedo anular de tu mano izquierda y, si eres zurdo, de la derecha.

INSTRUCCIONES

1. Ponte uno de los anillos y, con el lápiz, haz una señal sobre él en el lugar donde se juntan los dos extremos.

2. Usa la sierra para cortar un trozo del anillo, por el lugar donde está la marca. Pule después los bordes con el papel de lija.

3. Pega las piedras preciosas a los dos anillos y déjalos secar.

44

FIGURA 1

FIGURA 2

La actuación

1. Ahora ya estás preparado para actuar. Mientras sostienes el pañuelo con la mano derecha y escondes en esa misma mano el anillo cuyos extremos no has cortado, muestra el otro anillo al público con la mano izquierda. Es importante que cuando lo hagas, coloques los dedos de tal manera que el público no pueda ver la parte cortada (figura 1). Mientras lo enseñas, dirígete al público y di: «¡Mirad el anillo mágico que desaparece, y que mis antepasados magos me han dejado en herencia! A partir de ahora, adornará mi dedo». A continuación, ponte el anillo en el dedo anular de la mano izquierda, manteniendo los dedos juntos para que el corte permanezca oculto.

2. Pide a un voluntario del público que se acerque. Dile que te agarre la punta del dedo en el que está el anillo y que, pase lo que pase, no lo suelte.

3. Mientras el voluntario sigue tus instrucciones, anuncia al público: «Para que este magnífico anillo revele su magia, necesita oscuridad». A continuación, tápate la mano izquierda con el pañuelo.

4. Ahora viene la parte más difícil y que más debes practicar. Di: «¡Pesto, presto, prestidigitación! ¡Increíble! ¡Esta magia tan poderosa te hace cosquillas cuando hay algo sólido atravesando tu cuerpo! ¡Menos mal que el anillo no es muy grande!». Mientras hablas, mete la mano derecha debajo del pañuelo y coge rápidamente con los dedos de tu mano derecha el anillo sin cortar —que tenías escondido en la palma de la mano izquierda—. Con la parte inferior de dos dedos de la mano derecha, agarra el anillo cortado y escóndetelo en la palma.

5. Ahora, dirígete a tu público y di: «¡Pues bien! ¡Una vez más, el genio me ha ayudado! ¡Mirad!». A continuación, enseña el anillo entero al público (figura 2). Déjaselo al voluntario (mientras escondes el otro anillo) y dile: «Examina este tesoro. Muestra su brillo a todos los presentes, pero aún no me sueltes el dedo!». Aprovecha el momento en que el público mirará al voluntario para bajar la mano derecha y meterte el anillo cortado en el bolsillo de la túnica.

6. Quita el pañuelo con la mano derecha y muestra tu dedo anular ¡El anillo ha desaparecido!

La carta cambiante

Recuerdo que en la época medieval, cualquier mago digno se ponía a hacer este truco en la calle usando una pequeña tablita de madera en lugar de una carta. La clave de este truco consiste en poner los dedos encima de los puntos o de los espacios en blanco de la carta. ¡Cuando des la vuelta a la carta, tu público va a pensar que ésta tiene cuatro lados! Primero verán un punto, después cuatro, luego tres y a continuación seis, ¡y todo en una carta con dos caras! ¿Imposible? No, en absoluto. Es magia, pero claro, tú tendrás que contribuir practicando mucho ante el espejo.

NECESITAS

• un trozo de cartulina blanca de 7 x 11 cm (aproximadamente el tamaño de un naipe)
• 7 pegatinas redondas de colores*

* A la venta en papelerías.

INSTRUCCIONES

1. Pega los adhesivos a ambos lados de la cartulina tal como aparece en la figura 1.

2. Consulta de la figura 2 a la 4 mientras leas las instrucciones y practiques ante el espejo.

La actuación

1. Muestra a tu público (o al espejo) el lado del naipe que tiene dos puntos (figura 2), escondiendo el punto de la parte inferior de la carta con los dedos. El público *verá* una carta con un solo punto en el centro.

2. Dale la vuelta para enseñar la cara con cinco puntos, pero cubre con el dedo el punto del centro (figura 3). El público pensará que está viendo una carta con cuatro puntos.

3. Da la vuelta a la carta Y AL MISMO TIEMPO inviértela para enseñar al público el lado con dos puntos, de tal modo que tus dedos cubran el espacio en blanco de la parte inferior de la carta (figura 4). ¡Sorpresa! La cara que antes tenía un punto, ahora tiene tres.

4. Dale la vuelta a la carta e inviértela otra vez, de tal modo que muestres al público la cara con cinco puntos, pero cubriendo ahora con tus dedos el espacio en blanco del medio (figura 5). ¡Increíble! Donde antes había cuatro puntos, ¡ahora aparecen seis!

FIGURA 1

FIGURA 2

FIGURA 3

FIGURA 4

FIGURA 5

47

El búho que sale de una caja

¿Tu mascota mágica se niega en redondo a meterse en una caja? ¡No importa! Aquí vas a aprender a sacar uno de repuesto ¡de la nada! Por lo menos, eso es lo que pensará el público. Necesitas un animal disecado: un búho, un conejo, un erizo... ¡Da igual!

NECESITAS

• un animal disecado de unos 20 cm de alto

• una hoja de cartón pluma negro*

• una lámina de cartulina negra

• una lámina de cartulina en cualquier color vivo

• un trozo de tela negra o cinta adhesiva negra

• trozos de papel de colores vivos (opcional)

• pegamento de manualidades blanco

• pegamento de barra

• una regla con el borde de metal

• un lápiz

• unas tijeras

• la ayuda de un mago adulto

• un cúter

• gomas elásticas

*A la venta en tiendas de manualidades o en marqueterías.

INSTRUCCIONES

1. Mide la altura exacta del animal disecado y anótala en un trozo de papel.

2. Añade 1,5 cm a esa medida. Mide y marca esa nueva cifra en la cartulina negra. Traza a lápiz otra señal de esa misma longitud que esté a 38 cm de distancia de la medida anterior. Traza una línea recta con la regla que una los dos puntos. Termina de dibujar ese rectángulo y recórtalo.

3. Con ese rectángulo, haz un cilindro que quede bien ajustado en torno al animal pero sin ser demasiado prieto. Pega los lados del cilindro y sujétalo con las gomas hasta que se seque el pegamento.

4. Mide y dibuja un rectángulo en la cartulina de color. Ese rectángulo ha de ser 2,5 cm más largo y más ancho que el rectángulo que trazaste en el paso 2. Recórtalo y haz con él un cilindro para colocarlo en torno al cilindro negro. Ha de ser lo suficientemente ancho como para ponerlo fácilmente alrededor del cilindro negro, pero sin tocarlo (figura 1). Pega el extremo de la cartulina al cilindro y sujétalo con gomas hasta que se seque el pegamento.

5. Mide y traza cuatro cuadrados en el cartón pluma negro. Sus lados han de ser iguales a la altura del cilindro negro. Corta los cuadrados con el cúter con la ayuda de un mago adulto. Utiliza la

regla con borde de metal para cortar los cuadros bien rectos. Guárdalos para luego (figura 2).

6. Ahora, coge uno de los cuadrados y dibuja en él siete líneas equidistantes (figura 3 en la página 49). Cada una debe medir aproximadamente entre 1,5 y 2 cm de ancho. Córtalas cuidadosamente con el cúter.

7. Ahora, mide y traza un cuadrado unos 2,5 cm más grande que los cuadrados del paso 5. Ponlo aparte.

8. Fotocopia las plantillas mágicas que más te gusten de la página 141 y recórtalas. A continuación, calca todas las que quieras en los papeles de colores o en la cartulina de color, haciendo varios dibujos. Recórtalos y pégalos a un lado de los tres cuadrados negros que te quedan (figura 4). Déjalos secar.

9. Para este paso, pide ayuda a tu ayudante o a un mago adulto. Corta un trozo de cinta adhesiva negra que sea mayor que la longitud de los cuadrados negros. Después, coloca la cinta sobre una superficie plana, con la parte adhesiva boca arriba. A continuación, pon uno de los cuadrados (con la parte decorada boca abajo) sobre la cinta adhesiva. Colócalo y haz presión para que se

adhiera a la cinta. Coge un trozo de cartón pluma que te sobre y ponlo de canto junto al cuadrado, pero sin que toque la cinta. Te ayudará a calcular el espacio que tienes que dejar entre cuadrado y cuadrado para formar bien la caja. Ahora, coloca el lado superior del siguiente cuadrado alineado con el anterior (figura 5). Saca el trocito sobrante de cartón pluma y coloca igual los dos cuadrados que quedan. Cuando termines, tendrás una fila de cuatro cuadrados, con el lado decorado boca abajo.

10. Ahora, pon cinta adhesiva en los cuatro cuadrados, por el lado opuesto a la cinta que acabas de pegar.

11. Levanta el cuadrado y colócalo de modo que salga una caja (figura 6). Pon un trozo de cartón pluma sobrante de canto entre los dos cuadrados que quedan sin pegar y coloca la cinta por ambos lados de los dos últimos cuadrados. Por último, saca el trozo de cartón pluma sobrante.

EL TRUCO:
cómo sacar un búho de la caja

Prepara este truco en tu mesa de mago antes
de empezar la actuación o pide a tu ayudante
que te lo traiga a escena cuando se lo ordenes.

FIGURA 7

FIGURA 8

FIGURA 9

FIGURA 10

1. Coloca la caja sobre el cuadrado que
hiciste en el paso 7. Pon el cilindro de
color dentro de la caja y el cilindro
negro dentro del cilindro de color. A
continuación, mete el animal disecado
en el cilindro negro (figura 7). El
cuadrado con las ranuras ha de quedar
a la vista del público. Ten la varita a
mano.

2. Explica que vas a hacer aparecer un
búho (o cualquier otro animal que
hayas escogido) de la nada.

3. Coge la caja negra. Mira al público a
través de ella (figura 8). Si quieres,
hasta puedes aplastarla un poco para
ponerle más emoción a la cosa.
Después, vuelve a colocar la caja en
torno al cilindro con las ranuras hacia
el público.

4. Saca el cilindro de color de la caja.
Para demostrar que está vacío, mira al
público a través de él. Como el
cilindro menor es del color de la caja,
el público no va a verlo (figura 9).

5. Vuelve a poner el cilindro de color
en torno al cilindro negro.

6. Agita la varita haciendo florituras y
pronuncia un encantamiento (página
37). Mete la mano en el cilindro
negro y saca el animal disecado (figura
10). ¡Cuidado! ¡Que no se te salga el
cilindro negro!

TRUCOS
famosos de desaparición

Los trucos de desaparición siempre gustan mucho. Sin embargo, aprendiz de mago, te recomiendo que no trates de hacer desaparecer la barba de otro mago. Uno de mis estudiantes intentó hacerlo y acabó él mismo con una barba hasta el suelo durante varios días. Se lo merecía. Yo le habría convertido en una bola de pelo.

Se pueden hacer trucos de desaparición en torno a una mesa o también a gran escala, en un teatro lleno de gente. Al famoso mago Alexander Hermann le encantaba hacer desaparecer cosas de la mesa mientras comía, especialmente vasos llenos de vino. En una ocasión le vi coger un vaso y arrojarlo al aire, ¡y el vaso desapareció!

Jamás me habría enterado de su secreto de no ser por el infalible tercer ojo que Fátima, la reina de los gitanos, cosió en mi sombrero de mago en cierta ocasión. Lo que hizo Hermann fue esconder una tapa de plástico transparente en la palma de la mano y ponérsela al vaso al cogerlo. Después, ante la mirada de los comensales, hizo como si arrojara el vaso al aire, pero en realidad le dio la vuelta con la mano y lo escondió, agarrándolo por la tapa. Cuando los huéspedes miraron hacia abajo, allí estaba Hermann con cara de inocente, dando golpecitos con los dedos en la mesa. Mientras tanto, el vaso colgaba oculto boca abajo, en la palma de su mano. Por supuesto, al final hizo reaparecer el vaso y lo devolvió.

Howard Thurston se lo pasaba en grande haciendo desaparecer personas y objetos en escena. Cualquier cosa valía: chicas, pianos y hasta automóviles. En una de sus actuaciones metió como pudo a su azafata en el ataúd de una momia, lo ató con cuerdas y lo dejó colgando boca abajo. Poco después volvió a bajarlo y... el ataúd estaba vacío. ¡La chica había desaparecido! En su número del piano fantasma hizo lo mismo con una pianista y con su piano, pero una vez que los dos habían desaparecido, la música seguía sonando... Era de lo más extraño (pero había truco: el piano era de mentira, y se doblaba fácilmente, y la música procedía de un piano de verdad situado fuera del escenario).

Las abuelas dicen que «ande o no ande, el caballo, grande». Pero no siempre es así: Carter *el Grande* también quería hacer desaparecer algo grande y eligió un elefante. Para ello, había que subir al animal a una plataforma situada por encima del escenario, y taparlo con el telón. Pero el elefante, que era muy listo, se negó a quedarse quieto mientras lo trasladaban con unas máquinas por el escenario, y en vez de a él, Carter hizo desaparecer a cuatro de sus ayudantes.

Ahora bien, las desapariciones más increíbles que he visto en mis seiscientos años de vida son las de mi amigo Jasper Maskelyne: sus trucos son de quitarse el sombrero. Una vez hizo aparecer toda una flota de barcos de guerra en las aguas del río Támesis, en Inglaterra... o al menos, eso es lo que parecía en aquel momento (en realidad lo hizo con espejos y con una reproducción en miniatura). Durante la Segunda Guerra Mundial, la unidad de camuflaje del Regimiento Real de Ingenieros del ejército británico lo envió a Egipto,

donde hizo desaparecer el canal de Suez, ¡que mide nada más y nada menos que 160 kilómetros! Utilizó una serie de luces estroboscópicas giratorias para despistar a unos bombarderos que estaban intentando destruir el canal, y fueron incapaces de encontrarlo. Mientras estaba en Egipto, Jasper también hizo desaparecer todo el puerto de Alejandría y a la Octava Legión británica.

En cualquier caso, no recomiendo que sigas el ejemplo de un mago aficionado llamado Doc Nixon, quien llevó hasta sus últimas consecuencias aquello de «ahora lo ves, ahora no lo ves». Doc desapareció en 1939, y no se sabe si abandonó su vida terrenal para convertirse en un monje tibetano, tal como afirmaron algunos, o si se unió al gran Merlín, que también desapareció sin dejar ni rastro.

Capítulo 4
TransFormaciones y cambios de Forma

Si ya te sabes la historia de la magia, ya habrás oído que mi amigo Merlín podía cambiar de forma y convertirse en personas y animales distintos. ¡Tú también puedes aprender a hacerlo! El francés Buatier de Kolta (Bubú para los amigos) encogía naipes hasta hacerlos desaparecer y, a continuación, los ampliaba hasta que adquirían dimensiones gigantescas. Podrás atravesar un naipe (y va en serio) gracias a mi truco mágico del corte mágico de cartas (página 64). Por cierto, siempre me ha gustado la magia *comestible*: si quieres aprender a convertir el confeti en un delicioso dulce, ve a la página 68, donde aprenderás a hacer el espectáculo Sucre Bleu para después de la cena.

¡Bon appétit!

El nudo imposible

¿Conoces la historia del rey Gordias? Fue un monarca que inventó el nudo más complicado del mundo: era tan complicado que nadie ha sido capaz de deshacerlo (bueno, en realidad el mago de su corte sí lo consiguió). En una ocasión, Alejandro Magno fue a visitarlo y oyó una profecía que afirmaba que aquel que lograra deshacer el nudo llegaría a ser rey de Asia. Alejandro desenvainó su espada e hizo trizas la cuerda: así fue como llegó a gobernar en casi todo el mundo. Aquí tienes, pues, otro truco para tus amigos. ¿Cómo puedes hacer un nudo en un pañuelo sin soltar las esquinas? Tal como sucedía en el caso de Alejandro Magno, la solución es muy sencilla.

NECESITAS

• un cuadrado de tela cuyos lados midan unos 60 cm, o un pañuelo de birlibirloque

INSTRUCCIONES

1. Empieza el número contando la historia del rey Gordias. A continuación afirma, sacudiendo el pañuelo: «Yo también demostraré que puedo hacer un nudo imposible... sin soltar las esquinas del pañuelo».

2. Crúzate de brazos, como en el dibujo, y sujeta dos esquinas opuestas del pañuelo.

3. Sin soltarlo, descruza los brazos.

4. ¿Alguien apostó algo a que no podías hacerlo? ¡Qué tontos! Pues ya estás cobrando las apuestas.

El globo encantado del mago de Oz

A veces la magia hace un poco de ruido. *¡Pum!* Todos alucinarán cuando vean que rompes un globo y dentro aparece otro del color que alguien ha elegido de antemano. Siempre he tenido debilidad por los viajes en globo, como le pasaba a mi colega el profesor Marvel, el mago del país de Oz... En su honor he decidido poner su nombre a este truco.

¡TEN CUIDADO!

NECESITAS

- una lata de refresco vacía y limpia, sin tapa
- pinturas acrílicas de muchos colores mágicos
- un pincel
- las plantillas mágicas de la página 141 (opcional)
- un martillo
- clavos
- cuatro trozos de madera de 12 cm, 10 cm, 7 cm y 5 cm, respectivamente
- una tabla de 30 cm de largo
- tres ramitas rectas o varitas de madera de 90 cm de largo x 3 mm de diámetro cada una
- una sierra
- un lápiz afilado con goma en el otro extremo
- la ayuda de un mago adulto
- unas gafas protectoras
- un alfiler
- una cortadora de alambre
- una taladradora con una broca de la medida del alfiler
- pegamento de cianoacrilato
- unos alicates
- cordel o hilo de pescar
- globos de colores vivos, azul, púrpura y verde, y la misma cantidad de globos de color rojo
- hilo o sedal
- unas tijeras
- la mesa para espectáculos de magia (página 19) o cualquier otra mesa

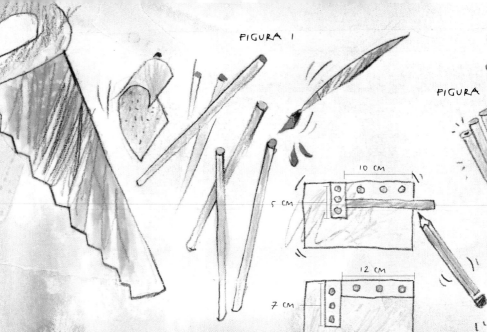

FIGURA 1

FIGURA 2

10 CM

5 CM

12 CM

7 CM

INSTRUCCIONES

1. Pinta la lata con la pintura acrílica y déjala secar. Añade una segunda capa y deja secar también. Si quieres, puedes decorar la lata a mano o con plantillas.

2. Para cortar las varas de madera en trozos de 12 cm de longitud con precisión, tendrás que hacer una plantilla de guía. Es muy importante que todas las varas tengan exactamente la misma longitud. Sujeta con un clavo los trozos de madera de 12 cm y 7 cm en ángulo recto sobre la tabla de 30 cm.

3. Coloca la vara contra el lado de la plantilla de 12 cm, con el extremo colocado hacia la pieza menor, y corta con la sierra cinco trozos de vara de 12 cm cada uno. Repite este paso con las otras varas de madera.

4. Haz otra plantilla de guía; esta vez con los trozos de madera que miden 10 cm y 5 cm. Coloca cada vara en la plantilla tal como muestra el dibujo. Coge el lápiz, gira la vara y, mientras lo haces, ve trazando una marca a lápiz por toda su circunferencia, a 2,5 cm del cabo de la vara (figura 1).

5. Aparta tres de las varas marcadas. Pinta un extremo de cada vara de un color, por ejemplo, verde, amarillo y púrpura, respectivamente. En los extremos que han quedado sin pintar, traza con el lápiz un punto pequeño pero visible (figura 2). Pinta de color rojo, por ejemplo, los extremos de las varas restantes, pero NO traces ninguna marca a lápiz. Déjalas secar.

6. Pide ayuda a un mago adulto para hacer este paso. Ponte las gafas protectoras y utiliza la cortadora de alambre para cortar la cabeza del alfiler. Coge la vara con el extremo de color púrpura y haz un agujero de 6 mm de profundidad con una broca de la medida de la cabeza del alfiler o

bien con el alfiler mismo. Mantén la broca o el alfiler lo más recto posible. Acuérdate después de que la vara de color púrpura lleva dentro el alfiler.

7. Pon un poco de pegamento al final del alfiler y empújalo hacia el interior de la vara con los alicates. Introduce el extremo con pegamento, no el otro. Corta con la cortadora de alambre un trozo de la parte del alfiler que sobresale, de modo que queden fuera solamente 8 mm.

8. Con la parte del lápiz que tiene la goma, introduce un globo rojo dentro de cada uno de los globos de otros colores, con mucho cuidado para que no se rompan. Para preparar los globos dobles del espectáculo, primero sopla el globo de dentro y átalo con el cordel o hilo de pescar. A continuación, infla un poco más el globo de fuera y átalo al globo interior con el mismo cordel (figura 3).

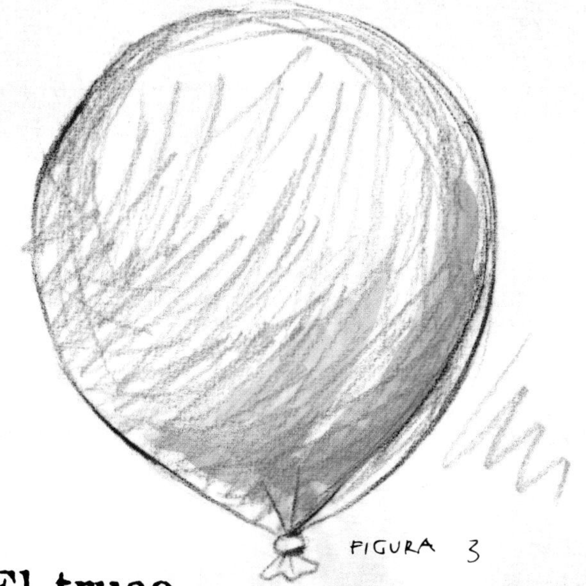

FIGURA 4

FIGURA 3

El truco

Cómo cambiar el color de los globos cuando quieras

1. Coloca todas las varas que has pintado en la lata, con los extremos coloreados boca abajo. Pon las varas y los globos inflados sobre la mesa. ¡Ya estás listo para actuar! Supongo que habrás practicado, ¿no?

2. Empieza el espectáculo hablando del mago de Oz y de cómo les gustan a los magos los viajes en globo. Después, añade: «Ahora voy a enseñaros mis varitas mágicas». Coge el recipiente lleno de varitas y afirma: «Todas las varitas están coloreadas por uno de los extremos». Coge una de las varitas marcadas con un punto a lápiz en el extremo y di (si, por ejemplo, coges la varita con el extremo amarillo): «Ésta es amarilla». Después, ponla sobre la mesa. A continuación, mezcla las varitas de dentro de la lata y repite el proceso con otra varita marcada,

anunciando su color al público. Haz lo mismo con la tercera varita. Ahora deberías tener sobre la mesa las varitas de color amarillo, púrpura y verde, pero no dejes que el público pueda mirarlas detenidamente.

3. Ofrece la lata con las varitas a alguien del público y pide que las *mezcle* bien sin sacarlas de la lata. Cuando haya elegido una, pídele que no enseñe el color ni a ti ni al público.

4. Pon el recipiente otra vez sobre la mesa. Si eres diestro, utiliza la mano izquierda para coger por el nudo un globo de color púrpura (y viceversa). Con la mano derecha coge la vara de color púrpura que se encuentra encima de la mesa y dirígete al público: «Aquí tenemos un globo de color púrpura y una de mis varitas mágicas. Ese

maravilloso voluntario del público ha escogido otra varita, pero nadie sabe de qué color es. Lo que sí sabemos es que no es ni púrpura, ni verde, ni amarilla, porque esos colores ya están aquí. Ahora, si eres tan amable, ¿podrías sacar la mano de la varita y mostrar su color a todo el mundo?». Cuando la persona del público muestre la varita con el extremo de color rojo, di: «¡Es roja! ¡Atención al globo!».

5. Exclama: «*¡Coloris magnificum!*». Y, a continuación, dale un golpecito al globo de color púrpura con el extremo púrpura de la varita. ¡*Pum!* La aguja tiene que explotar el globo exterior, pero no el interior (figura 4). ¡Ahora ya tienes un globo rojo!

¡HAZ UNA REVERENCIA!

MYSTERIUM DER BLAU GEIST O
el misterio del fantasma azul

Hace muchos años, en Berlín, una hechicera alemana llamada Lola me enseñó este truco —porque se lo robó a un tal profesor Rath—, nunca la olvidaré... (recuérdame que te hable de ella cuando seas un poco mayor). Puedes distraer al público con la historia del fantasma azul. Nadie va a entender cómo un bloque de madera pintada puede ir de acá para allá.

¡ESTO ES MAGIA!

NECESITAS

- una regla
- un lápiz
- una ramita recta o una vara de madera de 2,5 cm de diámetro y 13 cm de largo
- una sierra
- papel de lija
- pintura acrílica azul
- un pincel
- papel de periódico
- unas tijeras
- cinta adhesiva
- papel de colores vivos o papel de regalo
- pegamento de barra
- un trozo de madera de 7 x 15 cm y 6 mm de grosor
- gomas elásticas

INSTRUCCIONES

1. Mide 4 cm a partir de un extremo de la vara y traza una señal. A continuación, corta la vara en este punto. Repite la operación hasta que tengas cuatro bloques de la misma medida.

2. Alisa los lados de los bloques de madera con el papel de lija y pon el papel de lija en una superficie plana. Lija los extremos de los bloques hasta que queden todos exactamente de la misma medida.

3. Pinta dos de los bloques de color azul y deja los otros dos sin pintar.

4. Dobla una hoja de papel de periódico de modo que quede de la misma longitud del trozo de vara restante. Envuelve la vara, apretando mucho, en el papel de periódico. Utiliza suficiente papel como para hacer un cilindro de 3 cm de diámetro aproximadamente. Corta el papel de periódico por el punto adecuado y coloca cinta adhesiva en los extremos para sujetarlo.

5. Mide y traza un rectángulo de 17 x 30 cm en el papel de color vivo o en el papel de regalo y recórtalo.

6. Extiende una línea de pegamento en uno de los lados más cortos del rectángulo. Pon el papel en la vara que habíamos envuelto de papel de periódico, con el lado del pegamento hacia fuera, y envuelve la vara con el papel de colores. Al hacerlo, pega los extremos del papel. Rodea el cilindro con un par de gomas elásticas y deja secar el pegamento. Cuando el pegamento esté seco, saca primero las gomas elásticas y luego el tubo de papel coloreado de la varita. Tira el papel de periódico y guarda la vara.

7. Mide y traza dos cuadrados de 7 cm de lado en el trozo de madera. Utiliza la sierra para cortar los cuadrados y guárdalos (figura 1).

FIGURA 1

EL TRUCO

¡Está vivo!
Cómo hacer que el fantasma azul se mueva

NECESITAS

- el tubo de papel coloreado
- los bloques
- una bandeja

INSTRUCCIONES

1. La magia de este truco está en el tubo de papel y en poder controlar lo que tu público ve. Antes del espectáculo, practica con los bloques y el tubo ante el espejo. Apila los bloques y cubre el montón con el tubo. Aprieta suavemente la parte de arriba del tubo, de manera que agarres el bloque superior de la pila. Con mucho cuidado, levanta el tubo (sujetando el bloque escondido) verticalmente, sin tirar los otros tres bloques de la pila. Ahora, enseña la parte inferior del tubo al espejo (que es tu público), de tal modo que se vea parcialmente el fondo. Ha de dar la sensación de que está vacío. Cuando llegues a dominar este movimiento, estarás listo para hacer el truco.

2. Antes de la actuación, prepáralo todo en una bandeja plana: apila los dos bloques sin pintar con los dos bloques azules por encima (figura 2).

FIGURA 2

FIGURA 1

FIGURA 3

FIGURA 4

Tápalos con el tubo de papel y pon los dos cuadrados de madera en la bandeja.

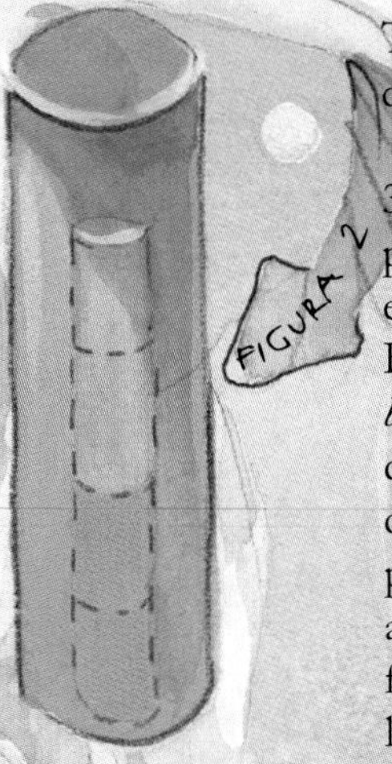

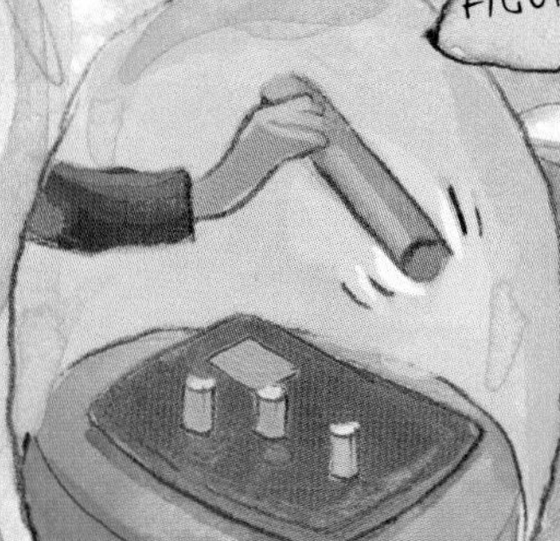

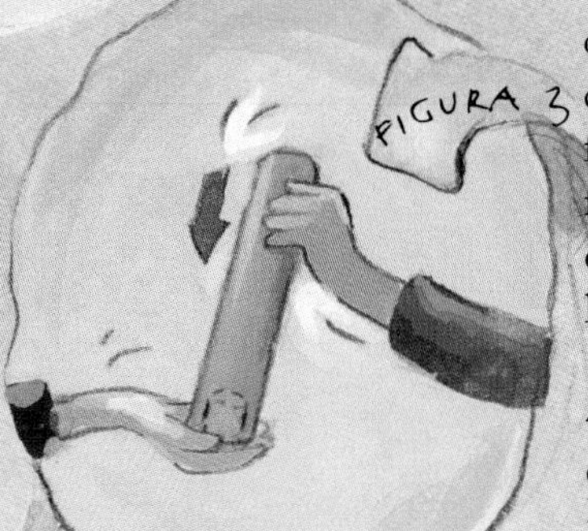

3. Para empezar el número, dirígete al público y cuenta que cuando actuaste en el castillo de Ludwig, el rey loco de Baviera, tuviste ocasión de conocer a *der blau Geist* —o sea, al fantasma azul—, que te contó sus secretos para cambiar de forma y para atravesar paredes de piedra maciza. Llegado ese punto, afirma: «Y ahora, con la ayuda del fantasma azul, os voy a enseñar cómo se logran esas hazañas». Coge el tubo apretándolo para sujetar el bloque superior. Ahora, levanta el tubo de papel, dejando en la pila sólo tres bloques. Enseña al público el tubo para que vea su interior (¡sólo en parte!). Mientras sujetas el tubo con el bloque escondido con una mano, pon los otros tres bloques en fila en la bandeja con la otra. Coge el bloque de color azul y, dirigiéndote al público, di: «Éste es el fantasma azul, que puede cambiar de forma a su antojo. Parece que hoy se ha cuadrado», y vuelve a poner el bloque en la bandeja.

4. Sosteniendo el tubo con una mano, coge con la otra los bloquecitos de madera, uno a uno, para enseñárselos al público y después vuelve a dejarlos en la bandeja.

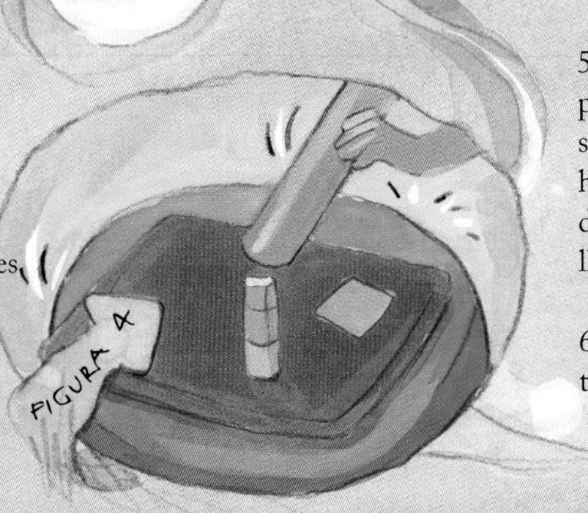

5. Coloca la parte inferior del tubo en la palma de la otra mano y sujétalo suavemente (figura 3). En cuanto lo hayas hecho, suelta el bloque oculto y deja que resbale silenciosamente hasta llegar a la palma de la mano de abajo.

6. Sujeta el bloque mientras agarras el tubo verticalmente. A continuación,

coloca el tubo encima de uno de los cuadrados de madera. Mete los tres bloques de la bandeja en el tubo uno por uno; pon primero los bloques sin pintar y luego, el azul.

7. Anuncia al público: «El único problema de trabajar con un fantasma es que no puedes ver cuándo cambia de opinión». Aprieta con suavidad el bloque de arriba (el azul) y levanta el tubo para mostrar los tres bloques al público, con el bloque azul en la parte inferior de la pila (figura 4). Sujeta el tubo de manera que el público compruebe que está *vacío*.

8. Tapa otra vez la pila con el tubo y pon el segundo cuadrado de madera encima del tubo. A continuación, levántalo sosteniéndolo entre los cuadrados y dale la vuelta a la pila.

9. Dirígete al público y di: «Puede que el fantasma me oiga esta vez. Fantasma azul, ¡demuestra que puedes atravesar la materia sólida!». Con el bloque superior agarrado, saca el tubo y muestra los tres bloques: el azul quedará de nuevo en la parte inferior de la pila. Ahora di: «Bueno, parece que me ha hecho caso, ha ido de arriba abajo».

10. Añade: «A lo mejor mi fantasma ya ha aprendido modales». Deshaz la pila de bloques y colócalos en hilera.

Coloca uno de los bloques que no están pintados en uno de los cuadrados de madera y cúbrelo con el tubo mientras sujetas a escondidas el bloque azul. Ahora, coge el segundo bloque sin pintar y ponlo en la parte superior del tubo. En cuanto notes que los dos bloques de arriba se tocan, deja de apretar el tubo, para que ambos caigan juntos y sin ruido. Tu público no lo sabe, pero ahora entre los dos bloques que no están pintados hay uno azul. A continuación, coge el otro bloque azul y métel en el tubo.

11. Levanta el tubo (sujetando el último bloque azul) y aparecerá una pila de tres bloques... *¡Tachaaaan!* Ahora, el fantasma azul está en el medio de la pila. Deposita el tubo en uno de los cuadrados de madera. ¡Cuidado! Has de darle la vuelta para que el bloque oculto no caiga ruidosamente en el cuadrado.

12. Coloca los tres bloques sobre la mesa. Coge el bloque azul y sepárate de la mesa. Mientras lo haces, di: «Mirad cómo me meto el fantasma azul en el bolsillo». Finge que metes el bloque en el bolsillo, pero en realidad póntelo en la manga de la chaqueta o en algún bolsillo oculto de la túnica de mago (figura 5). Una vez que el bloque está escondido en la manga, saca un poco tu mano del bolsillo para

que el público pueda verte los dedos. Mantén el bolsillo abierto con la otra mano y haz como que te metes el bloque azul en el bolsillo. Si llevas una chaqueta, la manga tiene que ser ajustada, para que se sujete el bloque. Si piensas que el bloque se te va a caer, mantén el brazo pegado al cuerpo.

13. Saca la mano del bolsillo y enseña que está vacía. Ahora di: «Voy a pedir al fantasma que se mueva otra vez». Vuelve a la mesa. Coge el tubo con el bloque oculto y dale la vuelta de manera que el bloque quede arriba. Pon un bloque sin pintar en un cuadrado de madera y desliza el tubo sobre él. Ahora, con la mano libre, coge el otro bloque sin pintar y ponlo en la parte superior del tubo. Cuando el bloque sin pintar toque el azul oculto, déjalos caer juntos para que hagan un solo ruido y grita: «¡*Levitatus Repitatus, blau Geist!*» y saca el tubo. ¡El bloque azul se ha *movido* del bolsillo a la mesa!

El corte mágico de cartas

¡TEN CUIDADO!

No, no se trata de un póquer de magos ni de unas *siete y media* brujas. Imagínate lo alucinados que se quedarán tus espectadores cuando les comuniques que vas a atravesar una tarjeta de visita con la mano o, mejor aún, que vas a atravesar un naipe con todo tu cuerpo. ¿El secreto? ¡Tu habilidad con las tijeras!

NECESITAS

• una tarjeta de visita y una baraja de cartas*

• unas tijeras o un cúter

• las plantillas de esta página

• la ayuda de un mago adulto (opcional)

* Vas a necesitar una baraja de cartas únicamente para este truco.

INSTRUCCIONES

1. Pide a algún miembro del público una tarjeta de visita o coge una carta de la baraja.

2. Dobla la carta por la mitad a lo largo.

3. Vete haciendo un corte por cada lado de la carta, de manera que recortes los dos lados superpuestos a la vez. Si trabajas con el cúter, córtalo con la regla. Ten mucho cuidado con los dedos o, mejor aún, pide ayuda a un mago adulto.

4. Desdobla la tarjeta. Córtala a lo largo por el doblez del medio, desde el primer corte hasta el último.

5. Tira de los extremos con cuidado para separar los cortes y... ¡ya puedes atravesar la tarjeta con tu mano o con tu cuerpo!

ESTA ES LA MEDIDA DE LA MAYORÍA DE LAS TARJETAS DE VISITA. MIRA LAS PLANTILLAS DE MODELO EN LA PÁGINA 140.

La copa fantasma, el cuenco de pescado invisible y el puzzle que cambia de forma

Si tus estudios de mago te han servido para algo, es para saber que a veces las cosas no son lo que parecen. De todas maneras, muchos mortales son muy tozudos y se empeñan en creer sólo lo que ven (¡qué aburrido!). Con estas dos ilusiones ópticas podrás demostrarles lo equivocados que están.

La copa fantasma y el cuenco de pescado invisible

¡TEN CUIDADO!

Aquí te enseño a hacer aparecer una copa fantasma o un cuenco de pescado invisible de la nada. El único problema es que no puedes utilizarlos para comer o beber, a menos que seas un fantasma, pero hacerlos aparecer es muy divertido.

NECESITAS

- la ayuda de un mago adulto
- alfileres largos de metal, como los que se usan para hacer adornos florales*
- una cortadora de alambre
- unos alicates
- un trozo de cuerda fina y elástica de color oscuro de 40 cm
- una linterna pequeñita (si no la tienes, tapa la pantalla de cualquier linterna con cartulina negra y haz un pequeño agujero en el medio)
- una habitación oscura
- las plantillas de la página 140

* A la venta en floristerías.

65

PARA LAS PLANTILLAS DE ESTAS DOS FIGURAS, MIRA LA PÁGINA 140.

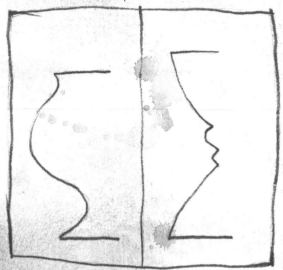

FIGURA 1

INSTRUCCIONES

1. Si tienes un alfiler con cabeza, pide a un mago adulto que te ayude a cortar la cabeza del alfiler con la cortadora de metal.

2. Consulta la figura 1. Utiliza unos alicates para doblar el alfiler y darle la forma que produzca el efecto deseado: la copa o el cuenco de pescado. Pero... ¡Cuidado! ¡No te pinches!

3. Clava el alfiler en la cuerda elástica, por la mitad de la misma. Dale vueltas a los extremos de la cuerda, sujetándola con el pulgar y el dedo índice de cada mano. Después, separa los extremos: la cuerda se desenroscará rápidamente, haciendo girar el alfiler.

4. Si al girar el alfiler éste se queda plano, perpendicular a la cuerda, ata con hilo muy fino uno de los extremos del alfiler a la cuerda para que quede vertical.

5. Cuando estés preparado para crear el efecto del recipiente fantasma, apaga la luz de la habitación y pide a un miembro del público que ilumine el centro de la goma elástica con la linterna mientras tú sujetas la goma. Enróllala con tus dedos y estírala. El alfiler girará creando una forma brillante: la de la copa o la del cuenco.

El puzzle que cambia de forma

Cuando las piezas de este puzzle parezcan aumentar de tamaño y encogerse, los que se empeñan en creer sólo lo que ven se quedarán pasmados.

NECESITAS

- un trozo de cartón o cartulina gruesa de un color vivo (puedes pintarlo tú mismo)
- pintura acrílica dorada (opcional)
- un pincel (opcional)
- las plantillas mágicas de la página 141 (opcional)
- un compás
- una regla
- un bolígrafo de gel de color dorado
- un lápiz
- unas tijeras

INSTRUCCIONES

1. Si quieres, pinta la cartulina y déjala secar. También puedes hacer símbolos mágicos con la pintura acrílica dorada.

2. Dibuja un anillo con dos círculos concéntricos con el compás, y divídelo en seis partes iguales con la regla y el lápiz.

3. Repasa los contornos de los círculos y los de las seis partes con el bolígrafo de gel dorado y corta dos secciones del anillo con las tijeras.

4. Prepara el truco colocando las dos secciones cortadas sobre la mesa, tal como muestra el dibujo y esconde el resto del círculo.

5. Pregunta a uno de tus amigos cuál de las dos secciones es más grande (seguramente dirá que una es mucho más larga que la otra). Pregúntale también cuánto más mide. Invierte la posición de las secciones y haz la misma pregunta. *Hmmm...* algo está pasando.

6. Ahora saca la cartulina pintada con las dos secciones que has recortado, pues así el público podrá ver que las secciones se han encogido y posteriormente expandido de forma mágica.

Espectáculo Sucre Bleu para después de la cena

Sucre Bleu, un mago francés que además era *chef* de la familia real, me enseñó este truco hace unos cuantos siglos. A él le gustaba hacerlo antes del postre junto con sus famosos dulces elaborados artesanalmente, pues al rey Luis XVI le encantaban los bombones. La reina prefería la tarta.

Aquí aprenderás a transformar el confeti en caramelos para tus espectadores.

NECESITAS

- un vaso de tubo de cristal
- una caja de cartón
de 25 cm x 25 cm x 35 cm
- una hoja de cartón pluma blanco
- cinta adhesiva blanca o de color
- una cartulina de color
- un sobre blanco cuadrado cuyos
lados midan 5 cm
- celo
- pegamento de manualidades
- adhesivo de caucho o pegamento
en *spray* (opcional)
- gomas elásticas
- unas tijeras
- un cúter
- un lápiz
- una regla
- las plantillas mágicas de la página
141 (opcional)
- material de decoración (opcional)
- dos bolsas de confeti de colores*
- caramelos duros envueltos
individualmente

* A la venta en tiendas de manualidades
o de artículos de fiesta.

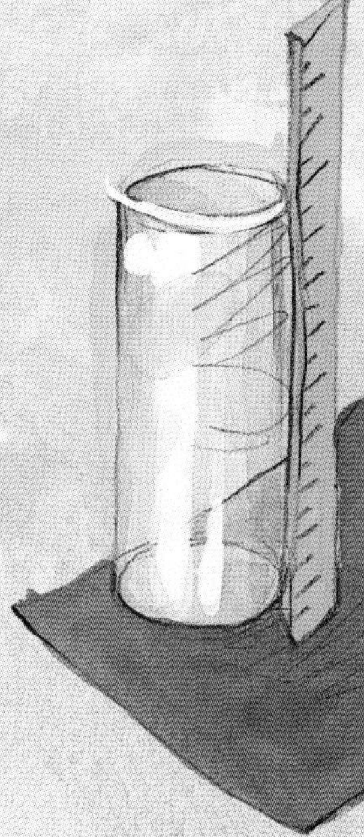

FIGURA 1

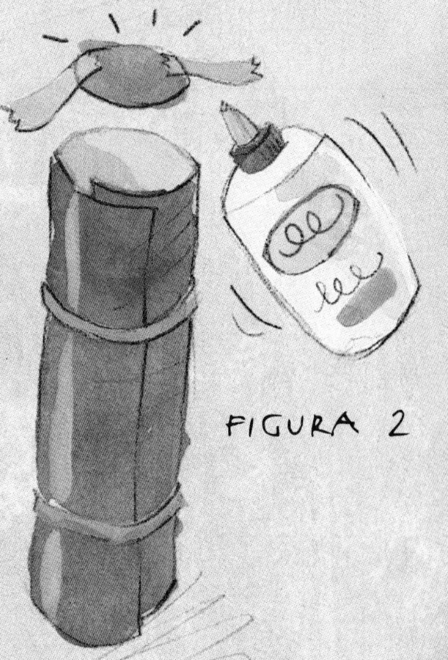

FIGURA 2

INSTRUCCIONES

1. Mide la altura del vaso de cristal, márcala en la cartulina y añade 3 mm. Córtalo (figura 1).

2. Forma un cilindro con la cartulina enrollándola sobre sí misma. Este cilindro tiene que encajar dentro del vaso, pero sin que quede apretado. Haz una señal en el punto donde los bordes de la cartulina se tocan. Saca el cilindro y recorta uno de los lados de la cartulina a aproximadamente 2,5 cm de la señal. Haz una solapa con el final de la cartulina y úsala para pegar el cilindro. Pon gomas elásticas para que quede fijo y déjalo secar.

3. Coloca la parte superior del vaso sobre la cartulina y calca el contorno del borde. Recorta ese círculo. Aplica pegamento en la parte superior del cilindro, dale la vuelta y colócalo sobre el círculo que acabas de cortar. Déjalo secar. Puedes pegar el círculo con un poco de celo para que quede sujeto. (figura 2).

4. Echa el confeti en una caja. Recubre el cilindro con adhesivo o pegamento en *spray* y mételo en el confeti, *rebozándolo* hasta que quede totalmente cubierto. Deja secar. Lo usarás como *confeti falsificado*.

5. Introduce el cilindro en el vaso. Ha de encajar fácilmente, con la parte superior sobresaliendo apenas del borde. Si el cilindro es demasiado alto, córtalo un poco por la parte inferior. Al público tiene que darle la sensación de que el vaso está lleno de confeti.

6. Haz otro tubo de cartulina 7 cm más alto que el vaso (es para meterlo dentro, pero sin que quede muy justo). Recorta y pega como lo hiciste en el

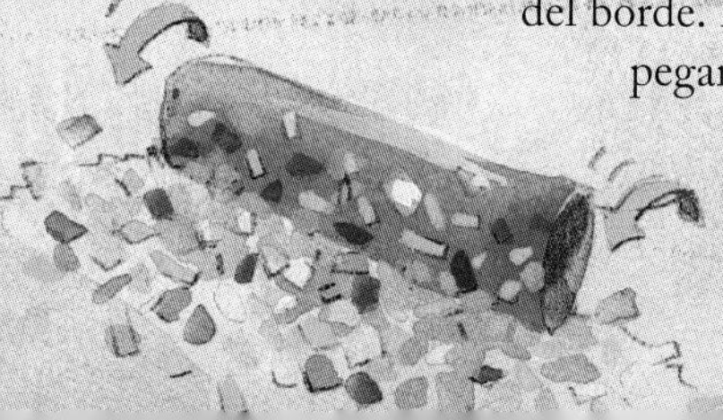

paso 2, sujetándolo con gomas elásticas hasta que se seque (figura 3).

7. Construye un pequeño biombo plegable con dos cuadrados de cartón pluma. Mide y traza unos cuadrados que sean 7 cm más altos que el vaso. Córtalos con el cúter y guárdalos aparte.

8. Corta la solapa del sobre pequeño y pégalo junto al margen superior de uno de los cuadrados de cartón pluma.

9. Haz una bisagra cortando un trozo de cinta adhesiva que sea algo más larga que el cuadrado, y extiende la cinta sobre una superficie lisa, con el adhesivo boca arriba. Coloca el cuadrado que no tiene el sobre a la izquierda, sobre la cinta, y el lado con el sobre a la derecha, de manera que ambos queden adheridos a la cinta. Si quieres, puedes poner otro trozo de cinta al otro lado de la bisagra (figura 4).

10. Si te apetece, puedes decorar ambos lados del biombo con las plantillas mágicas de la página 141 (figura 5).

FIGURA 3

FIGURA 4

FIGURA 5

FIGURA 6

FIGURA 7

El truco
Cómo convertir confeti en caramelos

1. Llena de caramelos el tubo con confeti falsificado y colócalo dentro de la caja, con el lado abierto hacia arriba (figura 6).

2. Llena la caja por la mitad con confeti. Ten cuidado: que no caiga nada dentro del tubo de caramelos (figura 7).

3. Llena el sobre del biombo con confeti.

4. Coloca la caja que contiene el tubo de confeti falsificado y el confeti encima de tu mesa, pero lejos del público. Lo que sí debe quedar cerca del público es el biombo (extendido sobre la mesa), el cilindro de cartulina y el vaso.

5. Ofrece el vaso al público para que lo examine. Cuando te lo devuelvan, métclo en la caja e intenta llenarlo de confeti hasta el tope. Saca el vaso de la caja y vierte el confeti dentro de ella otra vez (figura 8). Pero con cuidado para que no se te caiga nada en el tubo de confeti falsificado con caramelos.

6. Mete otra vez el vaso dentro de la caja, como si fueras a llenarlo nuevamente de confeti, pero esta vez, colócalo de modo que el tubo de confeti falsificado quede dentro de él. Cuando el vaso de confeti falsificado esté dentro del

FIGURA 8

de cristal, haz un movimiento exagerado, fingiendo que lo llenas otra vez de confeti. Saca de la caja el vaso de cristal (con el vaso de falso confeti camuflado en su interior) y ponlo sobre la mesa, ante la caja (figura 9).

7. Coge el tubo de cartulina que está encima de la mesa y pásaselo al público para que lo examine, o bien mira a través de él para que la gente vea que no hay nada dentro. Después, colócalo encima del vaso, tapándolo.

8. Coge el biombo y ábrelo, tapando por completo el sobre de confeti con los dedos (figura 10). Enseña los dos lados del biombo al público. A continuación, coloca el biombo abierto ante el vaso cubierto con el tubo de cartulina, de tal modo que el lado del sobre quede orientado hacia ti.

9. Muévete por el escenario, de manera que la mesa quede a tu izquierda. Sujeta el tubo con la mano izquierda, más o menos a la altura del borde del vaso de cristal. Aprieta el tubo un poco: tienes que notar el cilindro de confeti falsificado (figura 11).

10. Saca el tubo de cartulina y el cilindro de confeti falsificado del vaso. Vuelve a meter el tubo en la caja.

11. Despista al público metiendo la mano derecha por detrás del biombo y sacando un poco de confeti del sobre. El público pensará que estás cogiendo el confeti del vaso de cristal.

12. Al sacar el confeti, mete el tubo de cartulina que tienes en la mano izquierda dentro de la caja. Cuando la parte inferior del tubo quede ligeramente por debajo del borde de la caja, suelta confeti falsificado y déjalo caer en la caja.

13. Mira al público a través del tubo grande de cartulina vacío. Úsalo otra vez para cubrir el vaso de cristal, que se encuentra tras el biombo.

14. Coge el biombo, asegurándote de cubrir el sobre con los dedos, y

FIGURA 9

FIGURA 10

FIGURA 11

muestra al público sus dos lados. Ciérralo y colócalo extendido encima de la mesa.

FIGURA 12

15. Ahora, levanta el tubo del vaso y... *¡Voilà!* Los caramelos han aparecido dentro por arte de magia (figura 12). Ha llegado el momento de demostrar tus dotes de anfitrión y repartir los caramelos entre el público.

Edgar Allan Poe, el jugador de ajedrez turco y otros autómatas fabulosos

A lo largo de los siglos, muchos magos famosos empezaron su carrera como científicos: no sólo como alquimistas o astrónomos, sino también como inventores, haciendo experimentos con objetos mecánicos. A mí me gustaban mucho unos aparatos asombrosos llamados autómatas: unos artilugios mecánicos que se movían solos. Recuerdo la impresión que causaron los primeros hace cien años. La gente estaba convencida de que funcionaban por arte de magia.

El autómata más famoso fue construido por el barón von Kempelen, ingeniero y consejero de la emperatriz de Hungría. Von Kempelen era todo un manitas. Bautizó a su invento *el jugador de ajedrez turco* porque... jugaba al ajedrez.

La gente viajaba de todas partes del mundo para admirarlo. Napoleón Bonaparte jugó al ajedrez con él doce veces... ¡Y trató de engañarlo en varias ocasiones! Cada vez que jugaban, *el Turco* (vamos a llamarlo así) corregía silenciosamente los movimientos *ilegales* del emperador francés. Una vez, Edgar Allan Poe, que se dedicaba a estudiar misterios, vio al *Turco* y decidió enterarse de cómo funcionaba. Llegó a la conclusión de que había una persona escondida dentro, dirigiendo el movimiento de las piezas de ajedrez. De hecho, acertó en una cosa: sí que había una persona dirigiéndolo, pero no estaba escondida en su interior, sino bajo la mesa. Unos imanes colocados en el tablero de la mesa, por dentro, le mostraban en qué lugar colocaba sus piezas el adversario del *Turco*.

Esto me recuerda a mi amigo Jean Eugène Robert Houdin. Antes de convertirse en un mago de fama mundial, Jean se ganaba la vida arreglando relojes. Un día, recibió en lugar de los libros sobre relojes que había solicitado, una partida de libros de magia... *Hmmmm...* ¿Fue el destino el que provocó esta confusión o sería la mano de algún mago? Yo no lo diré nunca... Entonces, Jean se puso a practicar trucos de magia y después empezó a estudiar con otro mago. Para pagar su educación, construía y arreglaba autómatas, y sus trucos adquirieron tal fama que llegó a ser conocido como Robert Houdin, *el rey de los ilusionistas.*

He aquí uno de sus mayores secretos: sus trucos estaban siempre basados en principios científicos: usó la electricidad para hacer trucos de clarividencia y, por ejemplo, a la entrada de su casa instaló una portilla automática que se abría y le informaba de cuántas personas habían llegado y de si eran amigos suyos o no. Yo mismo me quedé alucinado la primera vez que entré en su casa y lo vi esperándome con un plato lleno de mis pastas favoritas en la mano.

Los hechiceros y los magos han ido aprendiendo a lo largo de los años pero, sin embargo, hay gente que rechaza todo lo que no comprende. René Descartes lo vivió en sus propias carnes. El célebre filósofo francés construyó un autómata llamado *Francine* (porque en realidad era una mujer), que se movía como si fuera una persona de verdad. Desgraciadamente, René se la llevó a un crucero y en ese barco no todos comprendieron su funcionamiento: como los demás viajeros sabían más bien poco sobre cuestiones científicas, llegaron a la conclusión de que Francine estaba poseída por un espíritu malvado y la arrojaron por la borda. René, al verlo, desapareció del mapa. «Se hundió, luego corrí», me explicó unos años después. Descartes no volvió a construir autómatas y, desde entonces, se dedicó al estudio de las matemáticas y la filosofía. ¡Qué gran pérdida para el mundo de la magia!

Capítulo 5

TRES ARTES MÁGICAS: VUELO, LEVITACIÓN Y ESCAPISMO

Los magos son especialistas en flotar, volar, mover objetos y zafarse de nudos imposibles. Por eso, tú también tendrás que aprender a hacer volar y bailar en el aire pelotas, anillos y pañuelos. Un consejo: compra cordel fino de color negro (mira la página 76). También te voy a enseñar uno de mis trucos favoritos: la fuga de la cadena encantada (página 86). Aprendí muchos de estos trucos en Europa, pero el Nuevo Mundo también está lleno de magia. Recordemos, por ejemplo, el episodio del hechicero indio Was-chus-co y la tienda que se puso a temblar. En una ocasión lo ataron de pies a cabeza con una cuerda y después lo dejaron solo en una tienda. Poco después, ésta se puso a temblar. Parece que de allí salieron extraños ruidos y aullidos de animales y que, de repente, se hizo de nuevo el silencio. La gente se acercó, metió la cabeza dentro de la tienda y... ¿Qué crees que había? Pues estaba el hechicero, libre como un pájaro, y sentado tranquilamente sobre un montón de cuerdas.

El pañuelo del hechicero

Cualquier hechicero sabe cómo conseguir que su pañuelo de bolsillo se desate solo. Es mejor que hagas este truco en una habitación con una luz tenue, o que te sitúes un poco lejos del público: así nadie descubrirá el enigma.

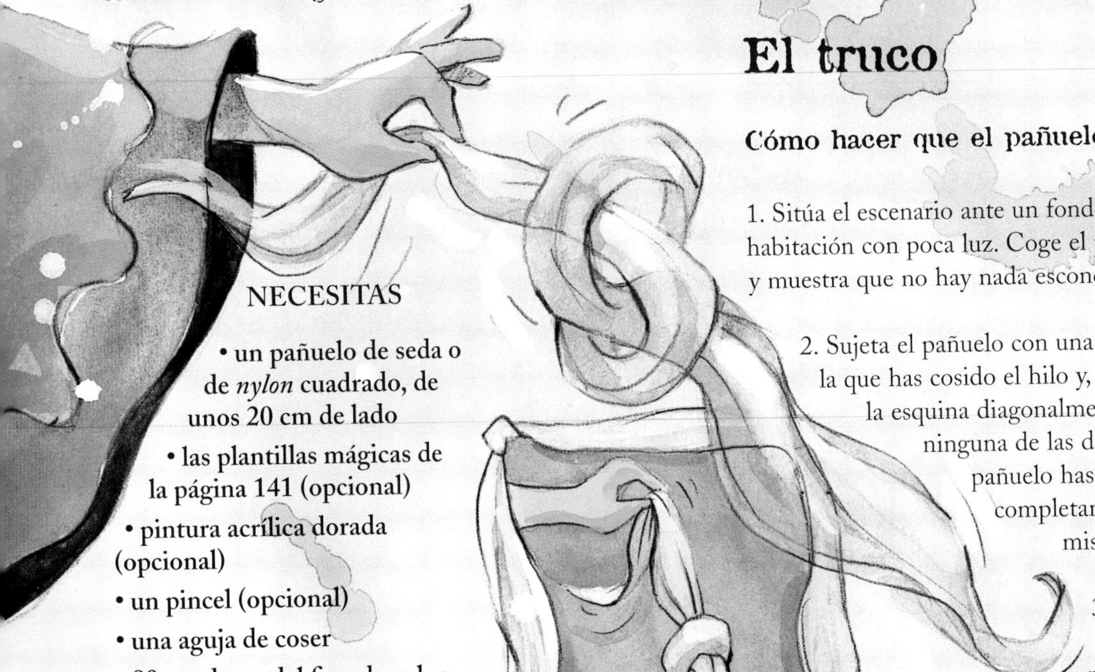

NECESITAS

- un pañuelo de seda o de *nylon* cuadrado, de unos 20 cm de lado
- las plantillas mágicas de la página 141 (opcional)
- pintura acrílica dorada (opcional)
- un pincel (opcional)
- una aguja de coser
- 90 cm de cordel fino de color negro o de sedal muy fino

INSTRUCCIONES

1. Si lo deseas, puedes decorar el pañuelo haciendo dibujos en él.

2. Algunos magos separan los hilos del cordel para hacerlo todavía más fino y más difícil de ver. Intenta hacerlo tú también. Enhebra una aguja y, con pequeñas puntadas, cose un extremo del hilo a una esquina del pañuelo.

3. Después, haz un nudo en el otro extremo del hilo.

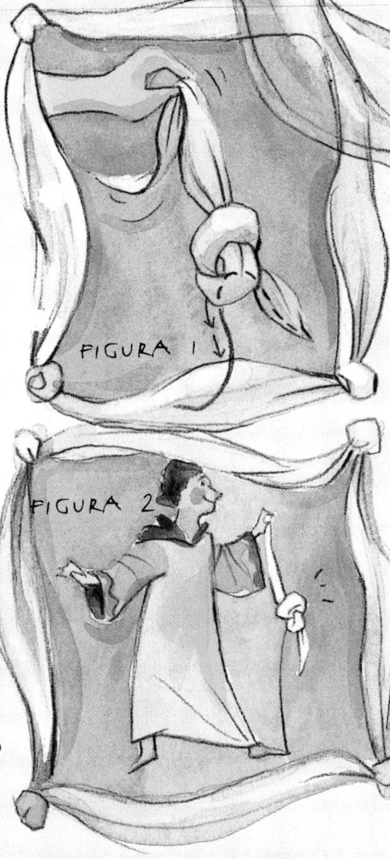

FIGURA 1

FIGURA 2

El truco

Cómo hacer que el pañuelo se desate solo

1. Sitúa el escenario ante un fondo negro, en una habitación con poca luz. Coge el pañuelo por las esquinas y muestra que no hay nada escondido.

2. Sujeta el pañuelo con una mano por la esquina en la que has cosido el hilo y, con la otra mano, agarra la esquina diagonalmente opuesta. Sin soltar ninguna de las dos esquinas, da vueltas al pañuelo hasta que quede completamente enrollado en sí mismo.

3. Para realizar este paso se requiere mucha práctica. Una vez enroscado el pañuelo sobre sí mismo, haz un nudo flojo en el centro, de tal modo que el cabo suelto de hilo atraviese el nudo (figura 1).

4. Sujeta un extremo del pañuelo, de manera que la esquina con el hilo quede hacia el suelo. Ahora, con mucha naturalidad, mueve un poco el pie y pisa el nudo del final del hilo, que ha de quedar colgando (figura 2).

5. Da la siguiente orden: «*¡Houdinius Assistas!*» y levanta lentamente la mano que sujeta el pañuelo. Entonces, el hilo tirará de la esquina del pañuelo y el público verá como el nudo se deshace solo.

La misteriosa esfera celestial

El mago francés Robert Houdin se hizo famoso por hacer levitar un globo dorado en escena. Para divertirse, estrujaba los menús en los restaurantes de París, hacía una pelota con ellos y los ponía a levitar igual que el globo. A los camareros, al verle, se les caían las bandejas, que ¡salían volando por la puerta! Cuando Robert andaba por ahí lo mejor era comer muy rápido. Este número consiste en sostener en la palma de la mano una bola de papel de aluminio y hacerla flotar lanzándole conjuros con la otra mano. Tu público se va a morir de curiosidad cuando vea cómo la bola flota en el aire, y cómo la agarras y se la lanzas. Tienes que hacer este truco en una habitación casi a oscuras.

NECESITAS

- un rollo de papel de aluminio
- unas tijeras
- una bobina de hilo negro
- una silla con un respaldo en el que puedas atar un hilo

INSTRUCCIONES

1. Corta un trozo de hilo de 1 m y ata uno de sus extremos a la parte superior del respaldo de la silla, tal como se muestra en la figura 1. En el otro extremo, ata una sección del hilo con un nudo, de modo que quede una hebra lo suficientemente grande como para que te lo puedas meter por la oreja. Ajusta la longitud del hilo y, si te hace falta, corta otro trozo que se ajuste mejor a tu altura y a la de la silla.

2. Coloca el rollo de aluminio sobre la silla y ponla a la derecha del lugar donde te colocarás tú durante la actuación.

77

FIGURA 1

El truco

Cómo hacer ascender la esfera

1. Cuando estés preparado para empezar, pásate la hebra de hilo por la oreja derecha.

2. Coge el papel de aluminio y corta un trozo de unos 30 cm. Gírate hacia la derecha y coloca un pie ligeramente por delante del otro. Deja el tubo de papel de aluminio encima de la silla.

3. Manteniéndote en esta posición, extiende los brazos y arruga el aluminio con ambas manos, para hacer una bola. Dale forma a la bola en torno al hilo que va de tu oreja a la silla, asegurándote discretamente de que la bola pueda deslizarse a lo largo del hilo (figura 1).

4. Extiende tu mano derecha y colócate la bola en la palma de la mano. Inclínate hacia atrás, en la dirección opuesta a la silla, poniendo todo tu peso lentamente en el pie de atrás. El hilo empezará a tensarse. Pronuncia unas palabras mágicas y mueve tu mano izquierda por encima de la pelota (que se irá elevando a medida que el hilo se tense, figura 2).

5. Sin mover la cabeza, juega con las dos manos en torno a la bola poniendo mucho cuidado: ¡no toques el hilo! ¡Gárgolas galopantes! ¡La pelota está flotando! Al menos, eso es lo que creerá el público.

6. Coloca la mano izquierda bajo la bola y, lentamente, mueve el cuerpo de manera que tu peso caiga ahora en el pie de delante. El hilo se destensará y la bola caerá en tu mano.

7. Sin parar, gírate hacia el público y camina en su dirección sosteniendo la bola en la mano. El hilo tiene que soltarse del aluminio y caer al suelo sin que nadie lo vea. Tira la bola a tus espectadores a ver si alguien la coge: seguramente no, porque estarán demasiado asustados.

FIGURA

La moneda y la carta voladora

Todos los magos saben hacer volar objetos, y tú no puedes ser una excepción. Este truco es divertido y sencillo. Si apuestas con tus amigos ellos dirán que no puedes hacerlo, y seguro que ganas (eso sí, no les cuentes nunca el tiempo que llevas practicando para conseguirlo).

NECESITAS

- una moneda
- un naipe

INSTRUCCIONES

1. Sostén en equilibrio el naipe sobre la yema del dedo índice de tu mano izquierda.

2. Coloca la moneda encima de la carta, de modo que el centro de la misma quede sobre la punta del dedo.

3. Dale un toque brusco a la carta con el pulgar y el índice de la mano derecha. La carta volará, pero la moneda permanecerá en tu dedo.

El anillo flotante de Freya

Seguro que has oído alguna vez que el collar de oro de Freya brillaba como una estrella. Freya era una diosa escandinava que se pirraba por las joyas. No me extrañaría nada que hubiera utilizado sus poderes para quitarle a alguna mujer mortal sus alhajas, y es que, con un simple hechizo para levitar, ¡hala!, podía apropiarse de lo que quisiera. Por eso a veces la gente pierde sus joyas y después las encuentra en el lugar menos pensado. En este truco vas a utilizar tu varita infalible (página 18) y un hilo secreto para mover un anillo arriba y abajo.

INSTRUCCIONES

1. Saca una de las conteras (o remates de metal) de la varita. Ata uno de los extremos del hilo al final de la varita y pon otra vez la contera.

2. Ponte la camisa o el cinturón por debajo de latúnica y ata el otro extremo del hilo a uno de los botones de la camisa o a la hebilla. Métete la varita en uno de los bolsillos del lado izquierdo de la túnica y esconde el anillo en otro bolsillo.

3. Empieza el número contándole al público la historia de la diosa Freya. Pide a alguien del público que te preste un anillo y, si nadie tiene, coge el que llevas en el bolsillo. Vuelve al escenario (no te pongas demasiado cerca del público) y di: «¡Qué anillo tan bonito! ¡Vaya!, ¿no se ha movido? A lo mejor Freya ya se habrá encaprichado de él».

4. Saca tu varita mágica del bolsillo con la mano izquierda y sujétala de manera que el extremo con el hilo atado quede hacia arriba. Con la mano derecha, deja caer el anillo por la varita, por encima del hilo,

hasta que llegue a los dedos de tu mano izquierda (figura 1).

5. Dirígete al público y di: «Es natural que a Freya le guste el anillo, Vamos a ver si ha dejado algo de su magia en él». Mantén quieta la mano izquierda, que sigue sosteniendo la varita. Haz unos gestos con la mano derecha y mueve el cuerpo hacia atrás mientras dices: «¡Sube! ¡Yo te lo ordeno!». Y el anillo subirá (figura 2). Después, añade: «Ya es suficiente. Te ordeno que bajes», haciendo gestos de nuevo

con la mano derecha e inclinando tu cuerpo hacia adelante. Entonces, el anillo bajará. Repite este paso varias veces. También puedes mantener el anillo inmóvil en medio de la varita y decir:

«FREYA, ¡DEJA EL ANILLO!»

6. Al final, saca el anillo de la varita, devuélveselo a su dueño y dile: «Ten cuidado. ¡Puede que Freya te lo quiera quitar otra vez!».

NECESITAS

- 45 cm de hilo negro
- la varita infalible de la página 18
- una camisa con botones o un cinturón con hebilla
- un anillo que pueda deslizarse con facilidad por la varita

Tubus Newtonius

Gran parte de la magia de la Antigüedad estaba basada en principios científicos. Seguro que sabes que a Isaac Newton se le ocurrió la idea de la gravedad durante una estancia en la campiña inglesa. Concretamente, la inspiración le encontró sentado debajo de un manzano. A partir de aquí, hay dos versiones: una de ellas sostiene que Newton estaba mirando cómo caía una manzana, y la otra afirma que ésta le dio de lleno en la cabeza cuando estaba durmiendo la siesta. De hecho, ambas versiones son ciertas: cuando cayó la primera manzana, Newton se dio media vuelta para seguir durmiendo pero yo —que le vi las intenciones—, hice un encantamiento para que cayese otra manzana. Le di de lleno. Es que, a veces, los magos tenemos que echar una mano al progreso. Con este truco aprenderás a utilizar la magia para hacer que los tubos desafíen la ley de la gravedad.

NECESITAS

- dos tubos de cartón
- las plantillas mágicas y los materiales de decoración de las páginas 138 y 141 (opcional)
- papel de regalo de colores vivos o papel de construcción
- un lápiz
- una regla
- unas tijeras
- pegamento de barra o adhesivo en *spray*
- gomas elásticas
- un punzón o una aguja larga
- un trozo de papel de construcción o una cartulina de 1,5 x 20 cm
- tres trozos de cordel de 90 cm cada uno
- cinta adhesiva
- una anilla pequeña de una cortina de plástico, de 1,5 cm de diámetro

INSTRUCCIONES

1. Si quieres impresionar al público, decora los dos tubos. Escoge un papel con dibujos o haz los símbolos mágicos con las plantillas en el papel de construcción.

2. Coloca uno de los tubos encima del papel, alineando el borde con el del tubo. Haz una marca en el papel por el otro extremo del tubo, enróllalo un poco y haz otra marca. Une estas marcas a lápiz y extiende esa línea, usando la regla para que quede bien recta.

3. Corta el papel por la línea.

4. Enrolla el papel en torno al tubo. Haz una marca un poco más allá del punto en que el papel envuelve por completo el tubo. Desenrolla el papel, traza una línea recta en ese punto con el lápiz y la regla y recórtala. Repite el proceso con el otro tubo.

5. Pega los trozos de papel en cada tubo con el pegamento de barra o el adhesivo en *spray*, con cuidado para que no queden arrugas. Utiliza las gomas elásticas para sujetar el papel en el tubo (figura 2). Déjalos secar.

6. Haz un agujero con el punzón o el alfiler en ambos extremos de la tira de papel de construcción o cartulina, de manera que queden a 1,5 cm del borde (figura 3).

7. Enhebra uno de los trozos de cordel por los agujeros de la tira de papel y colócala en el centro del cordel.

8. Coloca unas tiras de cinta adhesiva de unos 2,5 cm cada una entre el cordel y el papel. Mete el papel y el cordel en el centro del tubo, y haz presión con el papel y con la cinta adhesiva contra el lateral del tubo. Asegúrate de que el hilo se mueve con facilidad a través del tubo. Éste es el tubo número uno.

9. Coge otro cordel y pega uno de sus extremos en el interior el segundo tubo, cerca del borde.

10. Ata el tercer trozo de cordel a la anilla de cortina, de manera que quede bien sujeto. Mete la anilla dentro del tubo, hazla bajar y enhebra el cordel que pegaste en el paso anterior por dentro de la anilla (figura 5). Éste es el tubo número dos.

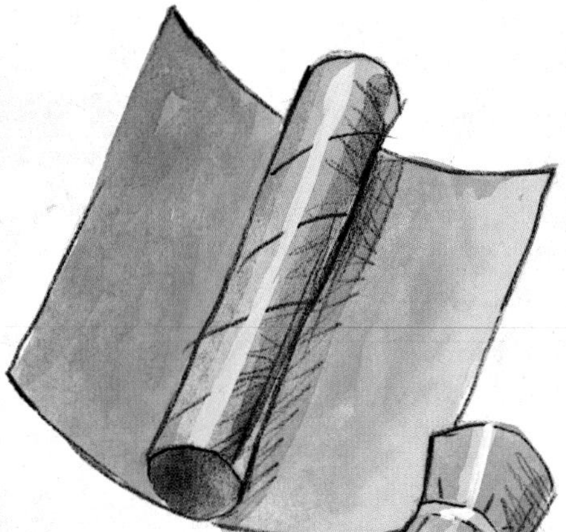

FIGURA 1

FIGURA 2

FIGURA 3

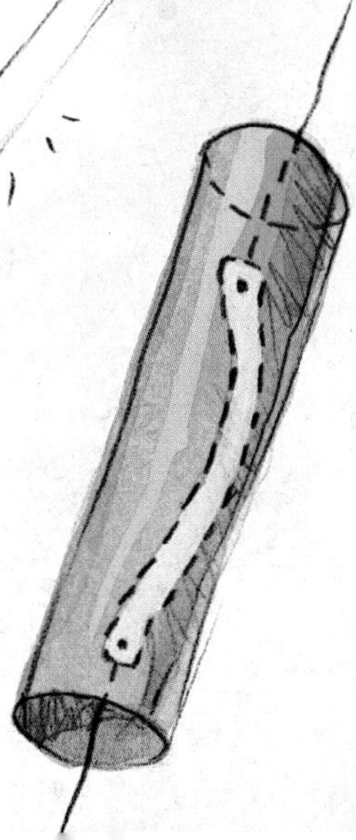

FIGURA 4

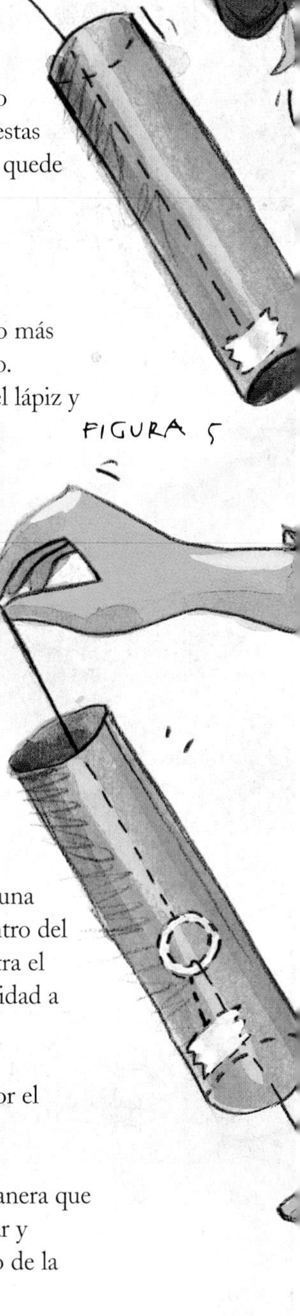

FIGURA 5

El truco

Cómo hacer que los tubos leviten

1. Coge el tubo número uno y tira con cuidado de los extremos del cordel (figura 3) para tensarlo. Tienes que practicar mucho para hacerlo discretamente. Cuenta mientras tanto la historia de Newton y anuncia que este tubo puede desafiar la ley de la gravedad cuando tú se lo ordenes.

2. Destensa un poco el cordel: el tubo empezará a resbalar hacia abajo. Exclama: «*Gravitas desistas*» y, suavemente, tensa el cordel otra vez. El tubo dejará de moverse. Déjalo encima de la mesa.

3. Ahora, coge el tubo número dos y sujeta ambos lados del cordel; el público pensará que es un solo hilo. El cordel de la parte de arriba sujeta el tubo. Estira el cordel de la parte inferior suavemente para que el tubo se mantenga en lo que parece ser el centro del cordel. Igual que antes, para que salga bien, este paso requiere mucha práctica.

4. Di: «Este tubo va a desafiar la ley de la gravedad. ¡*Gravitas Resistas*!». Si tiras suavemente del cordel superior, ¡parecerá que el tubo se eleva!

El nudo que (no) se deshace

Mucha gente estaba convencida de que el célebre escapista Harry Houdini era un auténtico mago porque, de no ser así... ¿cómo habría podido salir tantas veces de la maraña de cuerdas, nudos y esposas que le ataban? Pues a lo mejor no hacía más que usar el poder de su mente para deshacer los nudos... ¡Adivina quién le enseñó a hacerlo! Tus amigos alucinarán cuando vean que haces un nudo en un pañuelo ¡y que después lo deshaces sin apenas tocarlo!

NECESITAS

• un pañuelo blanco o un pañuelo de birlibirloque (página 35)

INSTRUCCIONES

1. Enrosca el pañuelo hasta que parezca una cuerda enrollada y colócatelo entre los dedos corazón e índice de cada mano (figura 1).

2. Coge el extremo que sujetas con la mano derecha y colócalo entre el pulgar y el índice de la mano izquierda (figura 2), sin dejar de sostener parte del pañuelo con la derecha.

3. Coloca la parte del pañuelo que aún sujetas con la mano derecha entre los dedos corazón y anular de la mano izquierda, mientras usas la mano derecha para agarrar el extremo colgante más próximo (figura 3).

4. Haz pasar ese extremo por el bucle más cercano sin

FIGURA 2

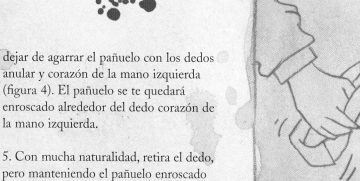

dejar de agarrar el pañuelo con los dedos anular y corazón de la mano izquierda (figura 4). El pañuelo se te quedará enroscado alrededor del dedo corazón de la mano izquierda.

5. Con mucha naturalidad, retira el dedo, pero manteniendo el pañuelo enroscado

FIGURA 3

detrás del nudo, y enséñaselo a tus amigos mientras lo sostienes, tal como se muestra en la figura 5.

6. Sopla el pañuelo sacudiéndolo suavemente y... ¡mira cómo se deshace!

FIGURA 4

FIGURA 5

La fuga de la cadena encantada

Por muy resistente que sea, no hay cadena o cuerda en la tierra que pueda desafiar a un mago de verdad (bueno, a no ser que haya sido reforzada con un hechizo de superresistencia o con un conjuro para desarmar). Con este truco vas a hacer una cadena delante de tus amigos, para después romperla como por arte de magia. El truco resulta más efectivo aún cuando lo haces para pocas personas y muy cerca de ellas.

NECESITAS

• 2 pajitas de plástico*

*Te vendrá bien tener muchas pajitas para practicar este truco.

INSTRUCCIONES

1. Por supuesto, tienes que estudiar las ilustraciones con detenimiento y practicar el truco hasta que te lo sepas de memoria (sí, eso, justo lo que haces con los deberes).

2. Coloca una pajita encima de otra en perpendicular, formando ángulos rectos (figura 1) y dobla la pajita vertical hacia abajo. Métela debajo de la horizontal (figura 2) y, después, dóblala hacia arriba (figura 3).

3. Coge el extremo derecho de la pajita horizontal, dóblalo por debajo del lado izquierdo de la pajita horizontal y por debajo del tramo superior de la pajita vertical (figura 4).

4. Enrosca el extremo izquierdo de la pajita horizontal hacia la derecha (figura 5).

5. Manipulando la pajita vertical, lleva su extremo superior hacia abajo y su extremo inferior hacia arriba, de tal modo que ambos *se encuentren* a la izquierda (figura 6). Tiene que quedarte una cadena como la de la figura 7.

6. Coge los extremos de ambas pajitas y tira de ellos (figuras 8 y 9). Si sueltas un extremo de cada pajita, éstas se separarán. *¡Aaajá!* Una vez más, tu magia ha funcionado: has logrado romper la cadena.

FIGURA 1

FIGURA 2

FIGURA 3

FIGURA 4

FIGURA 5

FIGURA 6

FIGURA 7

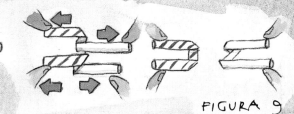

FIGURA 8

FIGURA 9

El libro hechizado de Merlín

Cuando mis aprendices empezaron sus clases de levitación, solía distraerlos con un truco como éste. Todos lo aprendieron muy rápido y, en poco tiempo, empezaron a salir volando de la clase todo tipo de objetos: cartas, fotos, deberes... Con el nombre de este truco he pretendido rendir un homenaje a mi amigo Merlín: cuenta la leyenda que, en una ocasión, 15.000 soldados intentaron trasladar unas rocas gigantes, pero no lo consiguieron. Entonces mi querido Merlín las hizo levitar hasta los barcos, donde las depositó con mucho cuidado. Tras cruzar el canal de Irlanda hacia Inglaterra, Merlín volvió a hacer levitar las rocas hasta llevarlas a Stonehenge, el lugar donde se encuentran ahora. ¡Eso sí que es levitación!

¡TEN CUIDADO!

FIGURA 1

FIGURA 2

FIGURA 3

NÚMERO FUERTE

NECESITAS

• **un libro grande de tapas duras***
• **las plantillas mágicas y los materiales de decoración de las páginas 138 y 141 (opcional)**
• **un lápiz**
• **una regla**
• **un punzón afilado**
• **una taladradora con una broca muy fina (opcional)**
• **la ayuda de un mago adulto (opcional)**
• **una bobina de hilo negro**
• **una aguja de coser**
• **cinta adhesiva**

*Si no tienes ninguno puedes comprarlo en una librería de segunda mano o en algún mercadillo.

INSTRUCCIONES

1. Si el libro tiene sobrecubierta, quítala.

2. Dibuja símbolos mágicos en la cubierta y en la contracubierta del libro; pinta los que más te gusten (si el libro es un poco raro y encima lo decoras con purpurina, pues tendrá un aspecto aún más misterioso). También puedes escribir un título nuevo… En cualquier caso, antes de continuar, el libro tiene que estar totalmente seco (figura 1).

3. Traza una señal en la primera página del libro a lápiz. La señal tiene que estar a 2 cm del borde superior y a 5 cm de la parte lateral de la hoja.

4. Con la ayuda de un mago adulto, agujerea la contracubierta y todas las páginas con el punzón o la taladradora. Si utilizas el punzón, tendrás que agujerear una cuantas páginas y luego volver a hacer una señal y agujerear unas cuantas más, así que creo que acabarás antes con la taladradora. Pide ayuda a un mago adulto y asegúrate de que utilizas la broca más fina que puedas encontrar (figura 2).

5. Corta un trozo de hilo negro de 1,2 m y enhebra la aguja.

6. Empezando por la cubierta, pasa la aguja por todas las páginas perforadas y por la contracubierta del libro. Deja un trozo de hilo de 15 cm colgando de la primera página (figura 3).

7. Pega ese trozo con cinta adhesiva a la parte interior de la portada.

8. Haz un nudo en el otro extremo del hilo y deja la mayor parte del hilo colgando por detrás de la contraportada.

El truco

Cómo hacer levitar cartas del libro hechizado de Merlín

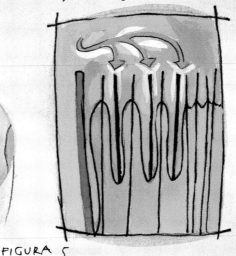

FIGURA 4

FIGURA 5

NECESITAS

- una baraja de cartas
- el libro hechizado de Merlín
- una mesa que te llegue a la altura de la cintura o la mesa para espectáculos de la página 19
- un buen ayudante (opcional)

INSTRUCCIONES

1. Entre bastidores, sin que nadie te vea, ata el hilo que queda colgando de la contraportada del libro a un botón de tu ropa, a la altura del pecho o de la cintura. Métete la baraja de cartas en un bolsillo y dirígete al escenario sujetando el libro contra el pecho con las dos manos. Asegúrate de que la portada está hacia fuera (figura 4).

2. Sitúate detrás de la mesa y coloca el libro de pie encima, de tal modo que la portada quede de cara al público. Mientras cuentas la historia de Merlín, saca la baraja de cartas del bolsillo y ponla encima de la mesa, delante del libro. Colócate de manera que el público no pueda ver el hilo.

3. Ahora, tu ayudante ha de dirigirse al público y pedirle a alguno de los presentes que escoja tres cartas. También puedes pedir a un voluntario que se acerque a la mesa, se gire dándote la espalda, escoja tres cartas y las deje encima de la mesa antes de volver a su asiento.

4. Este paso requiere mucha práctica. Has de repetirlo un montón de veces hasta que seas capaz de meter cada carta dentro del libro sin que se vea el hilo. ¡Se puede hacer! Puedes decir algo así como: «Ya sabéis que he utilizado esta baraja de cartas durante mucho tiempo», mientras coges el libro con una mano, y lo mantienes cerrado. Utiliza la otra mano para coger las cartas, una por una, y colócalas insertadas empezando por el comienzo del libro y hacia el final.

Debes deslizar cada una de ellas entre las páginas y meterlas dentro del libro (figura 5). Todas quedarán sujetas por el hilo. Notarás que el hilo de la contraportada se acorta a medida que vas introduciendo las cartas dentro. En ese momento quizá sea conveniente mover sutilmente el libro hacia ti.

5. Cuando todas las cartas estén escondidas en el libro, pon la mano que te queda libre sobre él y di algo así como: «Vamos a ver si se ha desprendido algo de magia». Mueve tu mano en círculos por encima del libro y entona: *«¡Merlinus Assistus! ¡Chartas flotatus!»*. Mientras, con la otra mano, aleja suavemente el libro de tu cuerpo, lo suficiente para que las cartas reaparezcan misteriosamente.

Harry Houdini, un maestro del arte de escapar

Podría decirse que lo primero de lo que escapó Harry Houdini fue de su verdadero nombre, Ehrich Weiss. Decidió llamarse Houdini en honor al célebre encantador francés Robert Houdin, que era su mago favorito, pero eso no fue todo: Houdini, además, le cambió el nombre a su hermano pequeño. Después, cada hermano sacó un espectáculo que aparentemente rivalizaba con el del otro y, de ese modo, lograron mucha publicidad... ¿Ves cómo los hermanos menores a veces sirven para algo?

Houdini se especializó en escapar de situaciones peligrosas, como aquella vez en que le pusieron una camisa de fuerza y le colgaron boca abajo, colgado de una grúa. Podía escaparse de baúles, cuerdas, cadenas, grilletes, esposas... de cualquier cosa. Pero ¿cómo llegó a dedicarse a una magia tan peligrosa? Harry decía que su primer oficio, hacer corbatas, era mucho peor, pero una noche, después del espectáculo, me confesó que había llegado a ser un artista del escapismo para poder evadirse de ciertas situaciones en las que él mismo se había metido.

Y es que Houdini tenía la costumbre de denunciar (en voz alta) a todo aquel que practicase cualquier clase de acto sobrenatural. De hecho, solía retar a la gente a que realizase trucos sobrenaturales en escena y después mostrar al público cómo reproducir esos trucos por medios mecánicos. Ya ves,

revelar secretos profesionales no sólo es de mala educación, sino que además puede resultar muy peligroso. Te voy a contar una historia que pocos magos conocen.

En una ocasión, Houdini retó a Theophrastus Bombastus, un mago de verdad que se hacía pasar por ilusionista de feria. Un día Houdini logró recrear el truco del mago, pero Theo perdió los papeles y teletransportó a Houdini a la lechería de una granja suiza. Concretamente, lo metió en un enorme bidón de leche pero, por suerte, las empleadas de la lechería oyeron a Harry dar golpes y lo dejaron salir. Bueno, ahora ya sabes cuál fue la inspiración de uno de los trucos favoritos de Harry: estoy hablando, por supuesto, del célebre truco de la leche que se escapa.

Houdini solía asegurarse de hacer bien los trucos, y jamás fue soberbio respecto a sus habilidades. Siempre tenía un ayudante a su lado para que lo rescatara a la primera señal de peligro. Pese a todas esas precauciones, Harry estuvo a punto de acabar muy mal varias veces. Por eso he de pedirte, aprendiz de mago, que NO SE TE OCURRA copiar sus trucos porque, si lo haces, te convertiré en un sombrero de copa y tendrás que pasarte la vida entre plumas de pájaro y conejos. Por cierto, ¿alguna vez has olido el aliento de un conejo? ¡*Puaaaaaj!*

En todo caso, Houdini podía aguantar muchísimo tiempo sin respirar. Precisamente, su truco favorito era la celda china de tortura con agua, que a mí me parecía aterrador. En ese número le encadenaban y le metían cabeza abajo en una urna llena de agua. También le ataban los tobillos, y se los sujetaban a la tapa de la urna.

Houdini quedaba colgado boca abajo durante unos instantes y el público se ponía muy nervioso: todos pensaban si le daría tiempo a escapar o se ahogaría... Un ayudante cubría la urna con un telón y la orquesta tocaba una música inquietante. Mientras tanto, Houdini se retorcía, girando y curvando su cuerpo hasta hacer caer las cadenas. Después, se alzaba hasta la parte superior de la urna, donde quedaba un poquito de aire. Tras respirar profundamente, manipulaba los cerrojos que tenía en los tobillos y abría una puerta falsa que había en la urna. Llegado ese punto, aparecía delante del telón, empapado pero sano y salvo. ¡*Tachaaaan!* Al verle, los espectadores se sobresaltaban, pero también volvían a respirar.

A continuación, la urna era inspeccionada por miembros del público. Allí estaba, aún cerrada, con un montón de cadenas en el fondo. Harry siguió sorprendiendo a la gente durante años y años, hasta que falleció. Por cierto, ¿a que no adivinas en qué día murió? Pues sí, precisamente en Halloween.

Capítulo 6

TROCITOS DIMINUTOS

Recuerdo como si fuera hoy el espectáculo que el Gran Brujo del Norte ofreció para la reina Victoria en Balmoral, su castillo en Escocia. Tuvo el valor de pedirle a la reina su pañuelo y hacerlo pedacitos. ¿Te lo puedes creer? Menos mal que, a continuación volvió a convertir los trozos en un pañuelo *enterito*, que devolvió inmediatamente a su dueña con una reverencia. Si no lo hubiera hecho, las personalidades que estábamos presentes nos hubiéramos aburrido un poco. En este capítulo puedes encontrar algunos de mis mejores trucos con cuerdas, como el de la cuerda irrompible (página 94). También puedes comprobar qué tal se te da serrar una caja de cerillas por la mitad con un naipe (página 99). Aunque si lo que quieres es causar sensación, nada como atravesar cuerdas con anillos macizos en el gran espectáculo con anillos mágicos y cuerdas (página 101).

La cuerda irrompible

Normalmente, los magos escapan de cuerdas, cadenas, esposas, baúles, bolsas de la lavandería... y de donde haga falta. Pero creo que todavía es mucho más alucinante demostrar *¡Separatus reversus!* que puedes reconstruir objetos rotos o partidos.

NECESITAS

- unas tijeras
- dos trozos de cordel blanco fino, uno de 60 cm y otro de 7 cm
- la ayuda de un mago adulto
- parafina*
- una lata vacía y limpia

* A la venta en droguerías y en algunas tiendas de bricolaje.

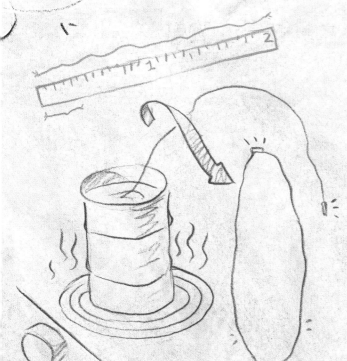

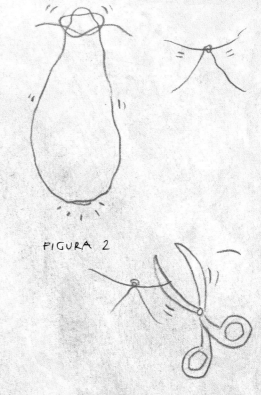

FIGURA 2

FIGURA 1

INSTRUCCIONES

1. Corta con las tijeras los dos trozos de cordel de 60 cm y 7 cm. Te vendrá bien cortar algunos trozos más para practicar.

2. Con la ayuda de un mago adulto, pon la parafina en la lata y sigue las instrucciones del envoltorio para fundirla en el fuego.

3. Mientras la parafina está líquida, mete dentro los extremos de los cordeles (de modo que queden dentro de la parafina aproximadamente 2 cm de cada extremo de los cordeles).

Cuando la parafina empiece a enfriarse y a ponerse blanca, enrolla entre tus dedos los dos extremos de cordel juntos. Cuando la cera se endurezca, quedarán unidos en un empalme invisible (figura 1). Déjalo secar completamente.

4. Mira la figura 2. En el punto del círculo opuesto al empalme de cera, dobla el cordel y aprieta los dos extremos de cordel entre sí. Coge el trozo de cordel de 7 cm y haz un par de nudos simples en torno al cordel doble. Ahora desliza el trozo de cordel

que sobresale a través del nudo hacia dentro, hasta que dentro del nudo quede solamente una pequeña sección de doble cordel. La clave está en atar el nudo lo suficientemente fuerte para que no se suelte cuando muestres el cordel en el paso 1 del truco, pero lo suficientemente flojo como para poder tirar de él en el paso 3 del truco de la página 96.

5. Finalmente, corta con las tijeras los cabos del nudo falso, dejando unos 2 cm de cordel suelto a cada lado del nudo.

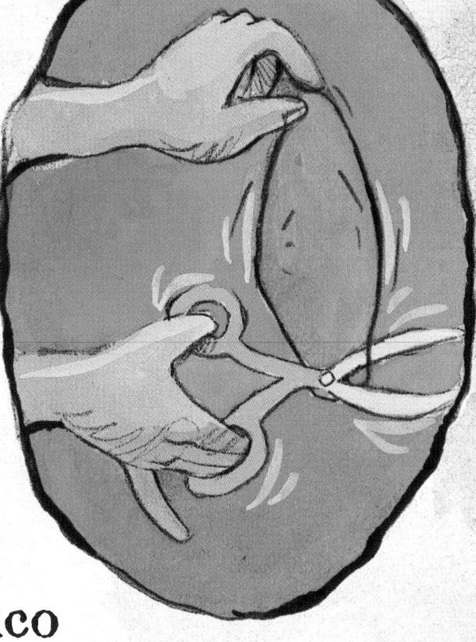

FIGURA 3

FIGURA 4

El truco

Cómo unir un cordel cortado

1. Deja el cordel que hemos preparado y las tijeras sobre la mesa del escenario. Empieza el número repitiéndole a tu público lo que te he contado acerca de lo alucinante que es reconstruir objetos rotos o cortados. Muestra el cordel que has preparado, dándole vueltas en las manos mientras dices lo siguiente: «Observad bien este trozo de cordel, que he atado en forma de círculo. Miradlo atentamente».

2. Sujeta el cordel con la mano izquierda cerca del nudo (figura 3). Coge las tijeras y corta el cordel por el empalme invisible de cera. Di: «¡*Separatus!* ¡Ya está hecho! Ahora voy a cortar unos centímetros más (corta 2,5 cm) de cada extremo, para que veáis que de verdad lo he cortado». Corta los extremos cubiertos de parafina del cordel (para esconder la evidencia) y déjalos caer sobre la mesa. Al final del truco, métetelos en el bolsillo para no dejar pistas...

3. Explica: «¡Ahora voy a usar mi contrahechizo favorito para unir lo que he separado. ¡*Separatus reversus!*». Ponte el nudo en la boca, de modo que los extremos queden colgando. Murmura el encantamiento unas cuantas veces y sujeta cada extremo del cordel con una mano (figura 4). A continuación, tira del cordel hacia fuera, de tal manera que el nudo se quede dentro de tu boca.

4. Mientras el público contempla impresionado el círculo reconstruido, empuja el nudo hacia tu mejilla con la lengua. ¡Ten cuidado! ¡No te lo tragues!

El misterioso lazo que se ata

Para preparar este asombroso truco tendrás que ensartar unos naipes en dos trozos de hilo. Pero no uses cualquier hilo, sino uno mágico, de los que vuelven a unirse después de haberlos cortado —al menos, eso es lo que se creerá el público—.

NECESITAS

- 10 naipes
- una regla
- un lápiz
- un taladro de papel
- dos trozos de hilo, cuerda fina o cinta, de 30 cm cada uno
- unas tijeras

INSTRUCCIONES

1. Traza una señal con el lápiz y la regla a 2,5 cm de los bordes superior e inferior de una carta. La señal debe estar a la misma distancia de cada lado (figura 1).

2. Agujerea esas dos señales. Utiliza esa carta como plantilla para agujerear las nueve cartas restantes.

3. Apila las cartas y pasa un cordel por cada agujero, a través de todas las cartas (figura 2).

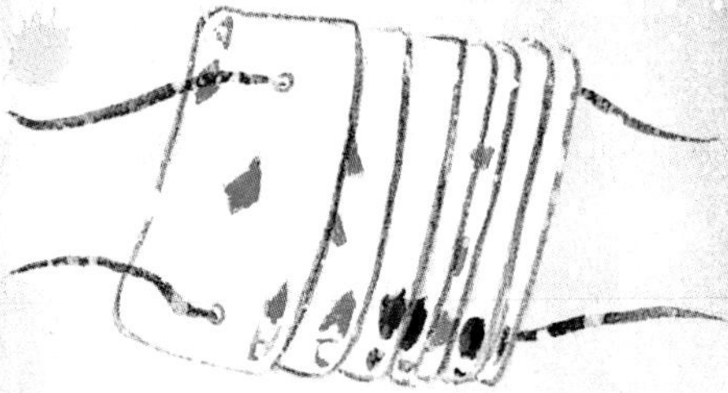

4. Aquí está el secreto. Tal como muestra la figura 3, da la vuelta a la primera y la última carta de la pila, para que los cordeles se crucen.

5. Para hacer el truco deberías poner bien juntas las cartas en la pila (así, los hilos cruzados quedan escondidos). Ahora muestra el montón de cartas al público, moviéndolas hacia adelante y hacia atrás para que la gente crea que están atadas como parece que lo están. Cuenta una historia al público, parecida a ésta: «¿Sabéis que los magos suelen llevar consigo cosas de repuesto por si tienen un mal día con los encantamientos? Yo,

por ejemplo, nunca salgo de casa sin el cordel que se ata solo. Precisamente lo he utilizado para atar estas cartas. ¡Os lo voy a demostrar!».

6. Pide a un voluntario del público que corte uno de los cordeles pero, antes de que lo haga, utiliza el otro cordel para atar un poco la parte inferior del mazo, de tal modo que las cartas queden sujetas.

7. Separa las cartas por la parte superior, donde no está el cordel (figura 4). Ahora pide al voluntario que corte con las tijeras el cordel que has dejado a la vista.

8. A continuación, anuncia: «Voy a activar el cordel que se ata solo», mientras colocas las cartas y les das un golpecito dramático. Ofrece el cordel de la parte superior de la baraja al voluntario y pídele que estire del todo el «cordel que se ata solo». Mientras, suelta el hilo que envuelve las cartas por la parte inferior. ¡El voluntario sacará un cordel entero! Bueno, eso se cree él, porque en realidad sacará el cordel cruzado de abajo hacia arriba. PERO ÉSE ES NUESTRO SECRETO...

FIGURA 1

FIGURA 2

FIGURA 3

FIGURA 4

Cómo serrar una caja de cerillas por la mitad

De todos los magos mortales que he conocido, Percy T. Selbit era el que más estilo tenía serrando mujeres por la mitad y volviéndolas a unir. Como era inglés, lo hacía con mucha elegancia. Sus trucos eran tan buenos que otros magos quisieron copiarlos. Yo nunca me perdí ningún número de su revista *El Mago*, porque siempre he tenido curiosidad por saber qué tipo de magia podían hacer los magos mortales sin nuestra ayuda. Aquí te explico cómo usar un simple naipe para serrar por la mitad una caja de cerillas y cómo volver a unir las dos mitades.

¡TEN CUIDADO!

NECESITAS

- una baraja de cartas
- una caja pequeña de cerillas
- un lápiz
- una regla con borde de metal
- un cuchillo de manualidades afilado
- la ayuda de un mago adulto
- goma elástica de hacer collares
- pegamento aplicable con pistola o con palillos especiales

INSTRUCCIONES

1. Escoge de la baraja las siguientes cartas: el seis, el siete y el ocho de corazones, diamantes, picas o tréboles. Las tres cartas que elijas tienen que ser del mismo palo.

2. Coloca la caja de cerillas centrada en uno de los lados largos de una de las cartas. Ponla de modo que cubra el punto del centro (el diamante, el corazón, el trébol o la pica) y calca la silueta de la caja en la carta.

3. Con la ayuda de un mago adulto, recorta la forma de la caja valiéndote del cuchillo de manualidades y de la regla. Ahora, coge el trocito de carta que has cortado, cálcala en la segunda carta y recórtala (figura 1).

FIGURA 1

4. Coloca la caja de cerillas a lo largo, centrada en el lado más largo de la tercera carta. Sitúala de modo que cubra el punto (corazón, pica, trébol o diamante) del medio de la carta. Calca su contorno en la carta pero, antes de recortarlo, añade 1,5 cm a la altura. Tiene que ser más alta que la figura cortada en el paso 3.

5. Corta dos trozos de goma elástica de 5 cm cada uno. Úsalos para rodear el contorno de la pieza que has cortado en el paso anterior y ata los cabos, asegurándote de que el cordón elástico queda bien ajustado.

6. Pon una carta boca arriba en una superficie plana. Pon los dos trozos de goma que acabas de atar en cada lado del trozo de carta que falta. Los nudos tienen que quedar en el lado inferior de la carta. Pon un poco de pegamento en los nudos para pegarlos a la carta.

7. Mete el trocito de carta por las gomas elásticas.

8. Pon la segunda carta encima de la goma elástica y ajusta el trocito de carta para que el palo quede centrado y dé la impresión de ser sólo una carta (figura 2).

9. Con la ayuda de un mago adulto, pon pegamento superadherente alrededor de casi toda la carta, pero no pongas pegamento más allá del elástico, y evita que el pegamento toque el trocito pequeño de carta.

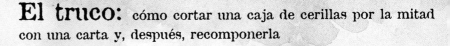

El truco: cómo cortar una caja de cerillas por la mitad con una carta y, después, recomponerla

1. Mete la carta preparada en la baraja, de manera que quede arriba del todo. A continuación, anuncia al público lo siguiente: «Los magos auténticos no necesitan sierras para cortar los objetos. Voy a demostrar esto utilizando una simple carta para cortar una caja de cerillas por la mitad».

2. Coge la carta que has preparado y muéstrala al público, poniendo los dedos en el trozo cortado para que no se vea.

3. Coloca la caja de cerillas en la mesa y ordena: «¡*Carta Dividens!*». Haz como si cortaras la caja con la carta y enséñaselo al público. ¡Ha cortado la caja!

4. Ahora, di: «Como magos que somos, también podemos arreglar lo que rompemos. ¡*Cartas Rejuntans!*». Saca la carta. ¡La caja está entera por arte de magia!

Gran espectáculo con anillos mágicos y cuerdas

Si te enseño a atravesar paredes puede que tu público salga corriendo por la primera puerta que pille, así que será mejor demostrar este principio mágico con cosas más pequeñas. Con este truco lograrás que cuatro anillos mágicos y cinco pañuelos atraviesen una cuerda.

ALUCINANTE!

NECESITAS

- cuatro bastidores grandes de bordar con forma circular
- pintura acrílica dorada
- un pincel
- piedras preciosas pequeñas de juguete (opcional)
- pegamento para manualidades
- dos trozos de cuerda para tender de 3 m cada uno
- un trozo de sedal hecho de un solo hilo, de entre 10 y 15 cm
- cinco pañuelos de colores vivos

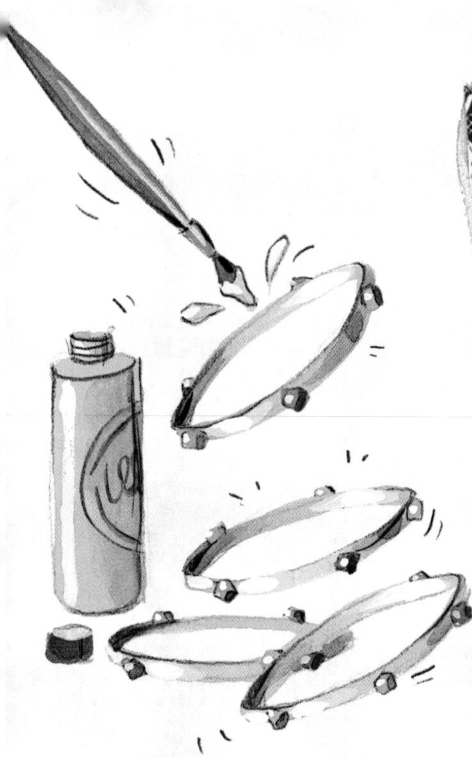

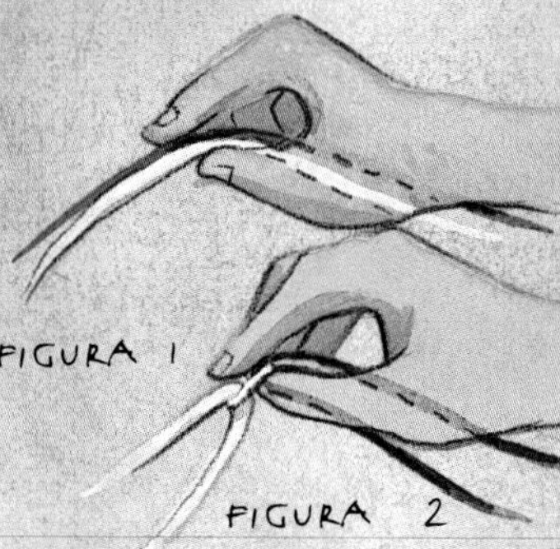

FIGURA 1

FIGURA 2

FIGURA 3

FIGURA 4

INSTRUCCIONES

1. Pinta los bastidores de color dorado y déjalos secar. A continuación, si lo deseas, puedes decorarlos pegando las piedras preciosas en la parte exterior.

2. Coloca los dos trozos de cuerda uno al lado del otro. En el medio de ambas cuerdas haz un nudo prieto con el sedal (figura 1). Coloca la cuerda, los aros y los pañuelos en la mesa.

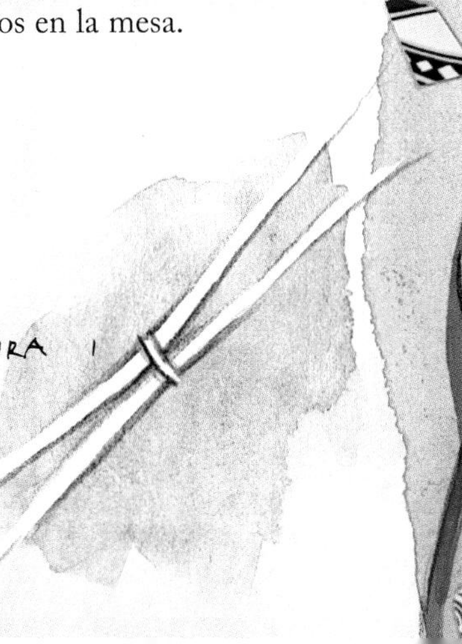

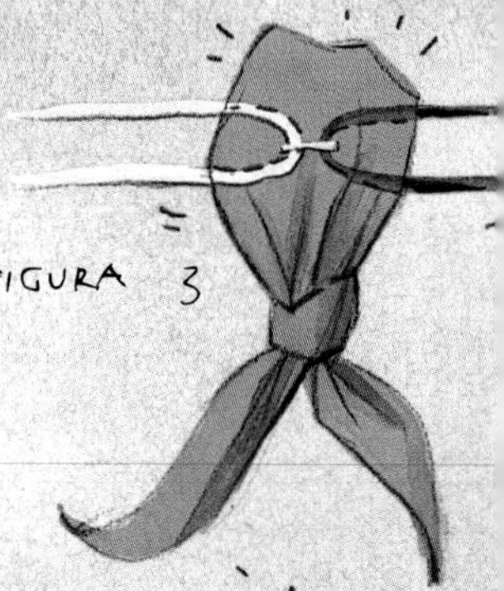

FIGURA 1

El truco

Cómo atravesar una cuerda con aros y pañuelos

1. Para empezar el número, explica al público que como los espectadores se asustan mucho cuando te ven atravesar paredes, vas a demostrar tus poderes de otra manera. Coge las cuerdas por la mitad, pero tapando el sedal con la mano. Pide a dos voluntarios que sujeten los extremos de las cuerdas y que tiren fuerte «para comprobar lo resistentes que son (las cuerdas)». Mientras tiran, no dejes de sujetar las cuerdas por la mitad.

2. Ahora, pide a los voluntarios que suelten las cuerdas y entrégales los bastidores y los pañuelos para que los examinen. Di: «¿A que parecen de lo más normal? No hay ningún tipo de magia en ellos, ¿verdad?». Mientras los voluntarios observan los objetos (y el resto del público les observa a ellos), usa el pulgar, y después el pulgar y el índice, para separar y volver a colocar los dos trozos de cuerda y el nudo de sedal, tal como se muestra en la figura 2.

3. Manteniendo la mano sobre el nudo, pide a los voluntarios que tiren de los extremos de las cuerdas en sentidos opuestos. Ata un pañuelo en el lugar donde se encuentra el nudo de sedal para ocultar la vuelta de las cuerdas y el nudo de sedal (figura 3) y di algo así como: «De todas maneras, si un mago quiere pasarle magia a un objeto, no tiene más que ponérselo una sola vez».

4. Pide a los voluntarios que deslicen dos de los bastidores en las cuerdas, uno en cada lado del pañuelo. Ata dos pañuelos más a la cuerda y, después, desliza dos bastidores más. Mete los bastidores y los pañuelos hacia el centro.

5. Di: «Bien, vamos a comprobar si estas cuerdas son seguras». Mientras lo haces, pide que cada voluntario te dé un extremo de cada cuerda. Coge esos extremos y dóblalos sobre sí mismos hacia el centro. Ata las cuerdas por encima de los bastidores y los pañuelos, tal como muestra la figura 4, y ofrece a cada voluntario el extremo de una cuerda. Ahora voy a contarte un secreto: dando la vuelta a la cuerda de esta manera, lo que los voluntarios agarran es un extremo de cada cuerda (las líneas de la figura 4 están pintadas de colores distintos, para que puedas entender lo que te estoy explicando).

6. Ahora, afirma: «Ha llegado el momento... ¿Estáis preparados? Sujetad las cuerdas con fuerza y preparaos. Cuando diga la palabras mágicas *Heracles Assistus,* tirad lo más fuerte que podáis!... ¡Ahora! ¡*Heracles Assistus!*».

7. El nudo de sedal se romperá de golpe, y los pañuelos y los bastidores saltarán por los aires, libres ya de la cuerda.

¡ERES UNA ESTRELLA!

Damas cortadas por la mitad y otros números truculentos

Los magos se pasan la vida ideando nuevos métodos para desmembrar, decapitar y cortar en pedazos a sus ayudantes, lo bueno es que después vuelven a pegarles todos los trozos. No es más que un buen truco. Por cierto, aprendiz de mago, TE PROHÍBO que cortes en trozos a cualquier ser vivo, incluída tu hermana pequeña. ESO NO SE HACE. Si no me obedeces, te convertiré en gusano ¡para que te decapiten en la clase de ciencias! Bueno, ¿dónde estábamos? El gran mago Alexander Hermann cortaba la cabeza a su azafata y, a continuación, la ponía sobre la mesa y empezaba a hablar con ella. Siempre acababa por devolvérsela a su dueña. Alexander también se reía mucho cambiando el contenido de las bandejas de los restaurantes más elegantes, de modo que cuando el camarero levantaba la tapa de plata... ¡Sorpresa! Nunca era lo que se esperaba...

El número truculento más conocido sigue siendo el de cortar a una mujer por la mitad con una sierra. Por cierto, mis hermanas las brujas siempre preguntan de muy mal humor por qué nunca se sierra a un hombre... Y es una buena pregunta... Percy T. Selbit y Horace Goldin competían entre sí para ver quién hacía el mejor número; claro, para ellos, *mejor* quería decir el más truculento. Los ayudantes de Selbit derramaban cubos y cubos de líquido rojo (¡puaaaj!) en la fachada de los teatros, mientras que Goldin llevaba a sus espectáculos ambulancias, enfermeras con camillas y hombres disfrazados de enterradores. Además, ponía anuncios en los que pedía participantes femeninas, ofreciendo «10.000 dólares en caso de fatalidad», decía él.

Pero... ¿eso cómo se hace? La ayudante del mago sube y se mete en una caja, sacando la cabeza por un lado y los pies por el otro. El mago le hace cosquillas en los pies para demostrar que esos pies son de ella y, a continuación, saca una enorme sierra y se pone a cortar la caja por la mitad —Harry Blackstone *junior* usaba una enorme sierra circular—. Al acabar, el mago separa las dos cajas y... ¡entre la parte superior del cuerpo de su ayudante y la inferior no hay nada! Después, el mago coloca otra vez juntas las dos partes de la caja, mueve su varita y la ayudante sale tan contenta, entera y verdadera.

¿Y el truco? Existen dos maneras de hacerlo. En la primera, mientras el mago coge la sierra para distraer al público, la azafata mete las piernas en la parte superior de la caja, por encima de la línea de corte de la sierra, y pone unas piernas de plástico en el otro extremo. En la segunda participan dos mujeres: una espera escondida en una caja que hay debajo de la mesa, con un fondo falso. Entonces, mientras que la primera mujer sube las piernas, la segunda las saca por una abertura que hay en la caja inferior. Aviso para los magos que usen este segundo método: cuando hagáis cosquillas a los pies de la parte de abajo ¡no os olvidéis de hacer una seña a la mujer de la parte de arriba para que se ría!

Capítulo 7

DIVERSIÓN EN LA MESA Y EN EL SALÓN

Se puede hacer magia en cualquier lugar, no sólo en el escenario. A veces, los trucos surten más efecto cuando se hacen a pequeña escala, ante un público muy reducido, de dos o tres personas. Un buen momento para improvisar un poco de magia es cuando se ha acabado de comer o de cenar en familia, aunque si realmente deseas sorprender a todos, consulta la página 109 y aprende a hacer levitar un salero durante la comida. Puede que desees seguir los pasos de Nevil Maskelyne, un mago conocido en todo el mundo por su impresionante habilidad para hacer girar platos. Si es así, prueba con el truco de la vajilla flotante de la página 108. Este capítulo contiene también las instrucciones para hacer un anillo saltarín, y no olvides leer con atención el truco del correo mágico en la página 110.

El truco del tenedor mágico

Este truco se basa en un movimiento sencillo de magia. Con unos pases de manos controlarás lo que tu público ve y cómo lo ve. La gente acabará convencida de que puedes doblar objetos de metal con sólo pasar la mano sobre ellos. Lo mejor es hacer este truco sólo para una persona.

NECESITAS

• un tenedor de metal ligero
• unos alicates

INSTRUCCIONES

1. Con los alicates, dobla el diente del extremo izquierdo del tenedor en un ángulo de 45 grados (figura 1). Métete el tenedor en el bolsillo de la túnica o en otro escondite.

2. Cuando llegue la hora de actuar, saca el tenedor, poniendo tu pulgar delante del diente doblado.

3. Levanta la mano derecha, con la palma hacia abajo, de manera que quede a la altura de los ojos. Tapando el diente doblado con el pulgar de la mano izquierda y manteniendo ese diente de cara a ti, mueve el tenedor hacia arriba y hacia tu mano derecha. Sostén el mango del tenedor con los dedos índice y pulgar de la mano derecha (figura 2).

4. Gira la mano del tenedor hasta que éste quede perpendicular al suelo (figura 3). Deja que el público vea el tenedor de lado porque, de esta manera, el diente doblado quedará oculto.

5. Con el dedo índice de la mano izquierda, frota el espacio que queda entre el diente doblado y el diente de al lado. Frótalo lentamente durante unos siete segundos y luego, muy despacio, dale la vuelta al tenedor para que quede de cara al público mientras sigues frotando, tal como se ve en el dibujo de la izquierda. ¡El público jurará que estás separando los dientes del tenedor!

FIGURA 2

FIGURA 1

FIGURA 3

El cuchillo magnético

¿Te apetece hacer algo divertido a la hora de la cena? Pues ahora aprenderás a hechizar un cuchillo para que se magnetice y se te quede pegado a la mano (o, al menos, eso es lo que creerá tu familia). Y si quieres que alucinen, usa también la varita infalible (página 18).

NECESITAS

• un cuchillo de mesa de punta roma (por favor, no uses cuchillos afilados)

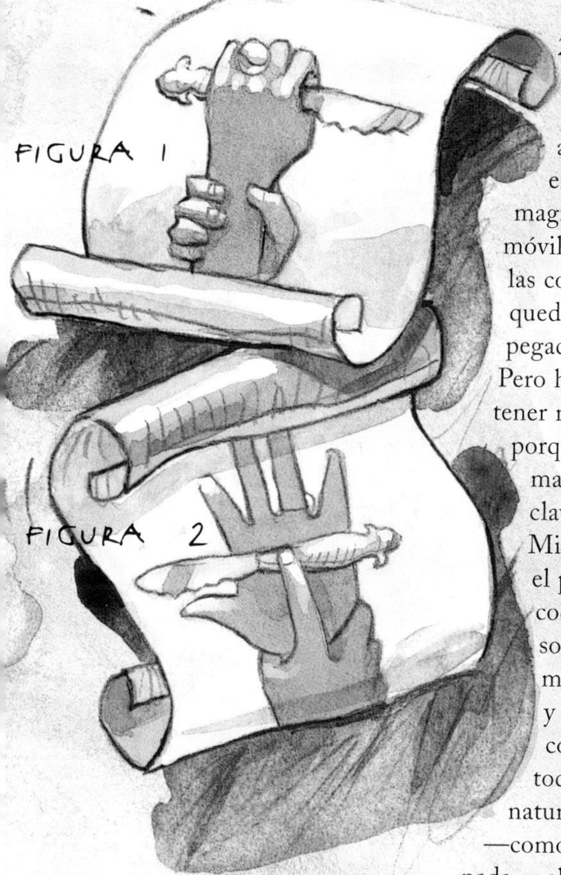

FIGURA 1

FIGURA 2

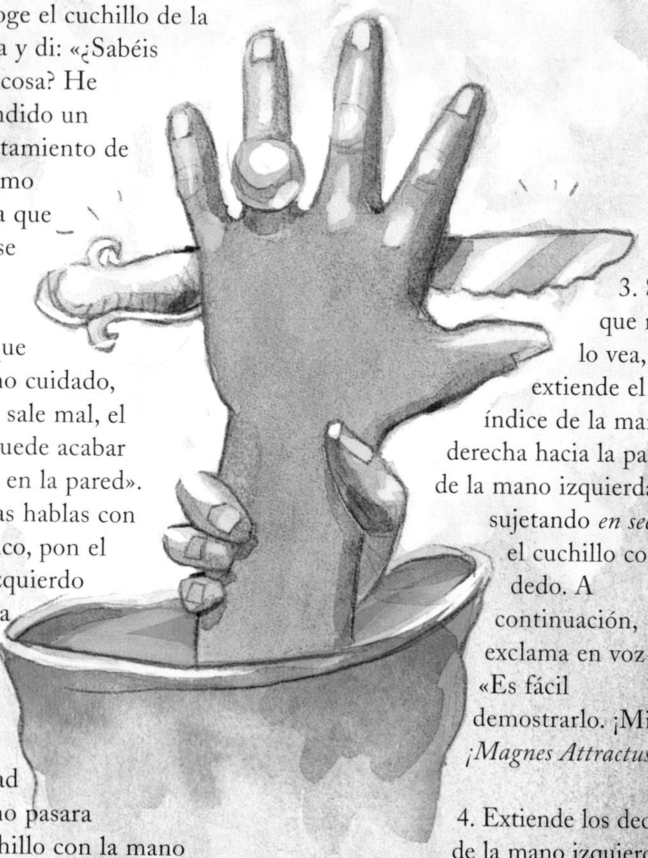

INSTRUCCIONES

1. Asegúrate de que estás sentado lejos del público, para que sólo te vean de frente. Nadie puede cambiarse de sitio.

2. Coge el cuchillo de la mesa y di: «¿Sabéis una cosa? He aprendido un encantamiento de magnetismo móvil para que las cosas se queden pegadas. Pero hay que tener mucho cuidado, porque si sale mal, el mago puede acabar clavado en la pared». Mientras hablas con el público, pon el codo izquierdo sobre la mesa y coge con toda naturalidad —como si no pasara nada— el cuchillo con la mano izquierda, manteniendo el dorso de tu mano de cara al público y sujetándote la muñeca izquierda con la mano derecha (figura 1).

3. Sin que nadie lo vea, extiende el dedo índice de la mano derecha hacia la palma de la mano izquierda, sujetando *en secreto* el cuchillo con ese dedo. A continuación, exclama en voz alta: «Es fácil demostrarlo. ¡Mirad! *¡Magnes Attractus!*».

4. Extiende los dedos de la mano izquierda (figura 2). Parecerá que has soltado el cuchillo. Sin embargo, como todos podrán ver, el cuchillo continúa *imantado* en tu mano izquierda.

La vajilla flotante
o el plato en eterno movimiento

Bueno, no es del todo exacto que en este truco el plato flote por sí mismo, ¡pero de todos modos impresiona! Después de mantener en equilibrio un plato y unos tenedores sobre la punta de una aguja, podrás hacer girar cualquier cosa. Te recomiendo que no hagas este truco con la vajilla de porcelana de tu madre, a menos que seas todo un experto en lanzar un conjuro para que las cosas no se rompan.

NECESITAS

- la ayuda de un mago adulto
- un cuchillo afilado
- dos corchos (de botellas de vino)
- cuatro tenedores
- un plato de cerámica barato
- papel de lija
- una botella limpia con tapón de corcho
- agua o arena
- un dedal
- una aguja de coser

INSTRUCCIONES

1. Pide a un mago adulto que te corte los corchos a lo largo por la mitad. Clava un tenedor en cada mitad de corcho, de modo que forme un ángulo de casi 90 grados con el corcho.

2. Lija un poco el centro de la parte posterior del plato.

3. Llena la botella de agua o de sal y ponle el tapón. Pide al mago adulto que se ponga el dedal y que clave la cabeza de la aguja (no la punta) en el corcho, dejando un trozo de aguja fuera.

4. Sujeta el plato horizontalmente y coloca los tenedores con los corchos alrededor del plato, de modo que queden equidistantes entre sí. Pon la parte plana del corcho encima del plato y parte de los dientes de los tenedores que quedan a la vista apoyados contra el borde del plato, para no tambalearse. Los mangos de los tenedores tienen que quedar en ángulo bajo el plato, apuntando a la botella.

5. Coloca con mucho cuidado el plato con los tenedores y los corchos sobre la aguja hasta que quede en equilibrio. Dale un empujoncito al plato para que empiece a girar... Tu público y tú os quedaréis *de piedra* al ver lo que dura el plato dando vueltas.

Un salero que levita

La sal era un bien muy preciado en la Antigüedad, por lo que se creía que tenía poderes mágicos. En este truco te voy a explicar cómo hacer *levitar* un salero. Cuando alguien te pida la sal en la mesa, sólo tienes que extender la mano y rozar la parte superior del salero con la punta de tus dedos para que éste se eleve lentamente... o, al menos, para que parezca que ocurre eso. Cuando hay un mago pululando por ahí (y ése eres tú) la gente acaba acostumbrándose a que pasen cosas raras.

NECESITAS

- un anillo
- un palillo
- un salero con agujeros por los que pueda entrar el palillo

INSTRUCCIONES

1. Ponte el anillo en la mano con la que tengas más habilidad y esconde el palillo en un bolsillo.

2. Una vez que estés sentado a la mesa, coloca el palillo dentro del anillo, de manera que un extremo quede sujeto bajo el anillo, el palillo quede entre dos dedos contiguos y el otro extremo sobresalga un poco por debajo de la punta de tus dedos (mira el dibujo).

3. Cuando alguien te pida la sal, extiende la mano hacia el salero con la muñeca levantada y los dedos apuntando hacia abajo. Mete el otro extremo del mondadientes en uno de los agujeros del salero y, presionando el palillo con los dedos, levanta el salero.

4. Para deshacer el *encantamiento*, después de haber dejado el salero en la mesa, sigue sujetando el palillo con los dedos. Inmediatamente después, extiende la mano izquierda y saca con ella el palillo del salero. A continuación puedes pasar el salero a los sorprendidos comensales y mientras, métete la mano derecha en el bolsillo para esconder el palillo.

El correo mágico

Imagínate que vas al buzón, coges tu correo y te encuentras un sobre misterioso. Lo abres, sacas una tarjeta... y te pegas un susto de muerte, ¡porque es una tarjeta de las que al abrirse arman un ruido infernal! Puedes enviar esta tarjeta por correo a un amigo o bien entregársela a una persona del público. Pero cuando lo hagas... ¡mantente alejado!

NECESITAS

- una tarjeta de felicitación y un sobre
- los símbolos mágicos y los materiales de decoración de las páginas 138 y 141 (opcional)
- un trozo de alambre de 15 cm*
- una cortadora de alambre
- unos alicates de punta redonda
- dos gomas elásticas (las gomas de ortodoncia son perfectas)
- unas tijeras
- un trozo de papel grueso de 2,5 x 5 cm
- pegamento de manualidades
- un aro de llavero

* Utiliza un trozo de percha o un alambre galvanizado.

INSTRUCCIONES

1. Decora la tarjeta a tu gusto. Si la vas a utilizar en el espectáculo, puedes escribir en el sobre el nombre de algún miembro del público, y en el dorso un remite como, por ejemplo: Profesor Marvel, Instituto de Artes Místicas a Distancia (o algo así).

2. Haz un gancho en cada extremo del alambre con los alicates. Luego dobla el alambre en forma de «U»(figura 1).

3. Mete una goma elástica por el aro y, a continuación, introduce el extremo opuesto de la goma por el extremo que has hecho pasar por el aro. Así, la goma queda bien sujeta al aro (figura 2). Repite el paso con la segunda goma.

4. Corta el papel de construcción a lo largo por la mitad.

5. Coloca el alambre en forma de «U» dentro de la tarjeta y pon un poco de pegamento en cada extremo de las tiras de papel. Pega las tiras a la tarjeta mientras sujetas el alambre, de modo que la «U» quede boca abajo (figura 3). Deja que se seque completamente el pegamento y luego coloca en cada gancho del alambre una de las gomas que están sujetas al aro.

6. Antes de meter la tarjeta dentro del sobre, da muchas vueltas al aro para que las gomas queden bien enroscadas sobre sí mismas. Manteniendo las gomas enrolladas, dobla la tarjeta y métela dentro del sobre.

7. Ahora da el sobre a alguien del público que no sospeche nada y pídele que lo abra. ¡*RAT-A-TAT-TAAT*! El sobre empezará a vibrar y hará un ruido tremendo, como si fuera a explotar. ¡Menudo susto! Esperemos que la persona a la que le has dado el sobre se lo tome bien y no se enfade.

FIGURA 1

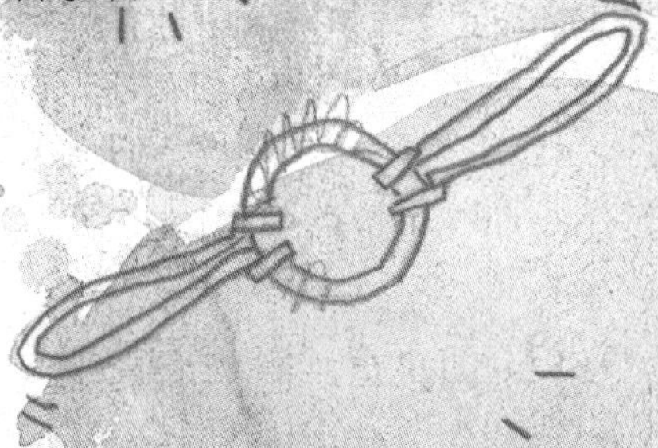

FIGURA 2

FIGURA 3

La unión mágica de los clips voladores

A veces la mejor magia es la que se realiza con objetos cotidianos que te da la gente del público, como un clip o un billete. Tus amigos van a alucinar aún más cuando te vean hacer magia con cosas tan simples. Tendrás que practicar mucho hasta que llegues a deslizar los clips en el billete exactamente como muestra el dibujo. ¡Si practicas mucho el efecto será de magia total!

NECESITAS

- dos clips
- billetes de cualquier tamaño y país
- la varita infalible de la página 18

INSTRUCCIONES

1. Saca los dos clips y enséñaselos al público (puedes entregárselos para que los examine). Anuncia que vas a unir los dos clips sin tocarlos.

2. Pide un billete de 100 euros a alguien del público. Si nadie te lo da, pide un billete de menor cantidad (50, 20, 10 o 5) hasta que alguien te preste uno.

3. Alisa bien el billete, enseñando a todo el mundo cómo lo haces. A continuación, dóblalo tal como muestra el dibujo.

4. Pon los clips en el billete, como en el dibujo, y pronuncia unas palabras mágicas: «¡E Pluribus Unum!, o ¡Novus Ordo Seclorum!». Mientras lo haces, mueve la mano por encima del billete como si estuvieras echándole un conjuro.

5. Pide un voluntario (concretamente, te recomiendo que reclames la ayuda del dueño del billete).

6. Pídele que sujete los dos extremos del billete y, mientras tú mueves la mano por encima, como si estuvieras echándole otro conjuro, dile que tire fuerte de los dos extremos al mismo tiempo. ¡Alakazaaaaaaam! Los clips volarán por los aires, unidos mágicamente.

La carta misteriosa que sube cuando se lo pides

Había un mago americano llamado Howard Thurston famoso por su habilidad para hacer flotar los naipes por encima de la baraja. También lo recuerdo con mucho cariño por su amabilidad con los niños que querían ser magos. Así que, en honor a Howard, te voy a enseñar cómo puedes conseguir, gracias a tus poderes mágicos, que una carta levite.

NECESITAS

• un vaso alto, de los que son más estrechos por abajo que por arriba*

• pintura acrílica de cuatro colores distintos

• un pincel pequeño

• una pastilla de jabón

• una baraja

*Este truco sólo funciona si usas un vaso más estrecho por abajo que por arriba, así que no lo intentes con uno distinto. Si no tienes ningún vaso de ese tipo en casa, compra uno en alguna tienda.

FIGURA 1

FIGURA 2

INSTRUCCIONES

1. Lava el vaso y sécalo bien. Píntalo por fuera con franjas verticales de 1,5 cm de anchura, alternando los colores en lados opuestos (figura 1). Pinta dos franjas del mismo color y déjalas secar. En total, tienen que quedar ocho franjas. No utilices el vaso para beber; resérvalo sólo para este truco.

2. Antes de la actuación, frota la pastilla de jabón por dos de las franjas opuestas del mismo color, de manera que queden dos franjas de jabón de la misma anchura de las franjas que has pintado por fuera (figura 2). Tienes que acordarte de qué franjas llevan el jabón por dentro, pues, de lo contrario, ¡tus poderes de persuasión no funcionarán!

El truco

Cómo hacer que las cartas se eleven

1. Muestra el vaso vacío a los espectadores. Escoge a un miembro del público y pídele que examine la baraja de cartas. Cuando haya comprobado que la baraja no está trucada, podrás empezar el truco. Pide a otra persona que baraje bien las cartas. A continuación, dile a otro espectador que elija una carta y que te la dé (figura 3).

2. Ha llegado el momento de recordar en qué franjas pusiste el jabón. Mete la carta en el vaso, alineándola con cualquiera de las franjas en las que no pusiste jabón y pide a alguien que le ordene a la carta que suba. Por supuesto, la carta no se moverá. Sácala del vaso y métela en la baraja.

3. Pide a otra persona que coja otra carta y repite el paso 2.

4. Necesitas un último voluntario. Pídele que escoja otra carta, pero esta vez que te la entregue a ti. Mete la carta en el vaso de tal modo que sus bordes queden alineados con la franja en la que frotaste con el jabón. Pronuncia el siguiente conjuro: «*Sapindas floten!*» mientras mueves la mano que te queda libre por encima del vaso. Y, poco a poco, la carta irá subiendo (figura 4).

Sapindas floten

FIGURA 3

FIGURA 4

Capítulo 8

LOS MISTERIOS DE ORIENTE

L a magia china tiene milenios de antigüedad (consulta en la página 123 el truco de los anillos asiáticos que se unen). Los ilusionistas pronto percibieron la tremenda fascinación que despertaba entre el público occidental cualquier magia procedente de lugares exóticos. El mago oriental que más fama obtuvo en Estados Unidos fue Chung Ling Soo. Pero en realidad, Soo había nacido en el país del dólar, se llamaba William Henry Robinson y era tan chino como mi tía la de Cuenca (que, por cierto, en paz descanse en el otro mundo). En los tiempos en que la magia oriental estaba de moda llegó a haber en escena hasta cuatro magos llamados Ching Ling (Soo, Fee, See y Sen), cuatro Chung Ling (Fee, Hee, Sen, Soo), un Ling Lang Hi y un Li Chan Hi. ¡Dile a algún amiguete que lea todos esos nombres a toda velocidad mientras intenta escapar del cepo diabólico de la página 120!

La pagoda mágica de la dama Tze

He decidido rendir un homenaje con este objeto mágico a la dama Tze, un espíritu chino que lleva siglos ayudando a las mujeres *wu* (hechiceras), concediendo a las que aprecia su talento literario y dándoles el poder de adivinar el futuro. Con un poco de práctica llegarás a hacer una pagoda con tanta gracia que el público se quedará impresionado. Pero ¡ten mucho cuidado! Este accesorio es sólo para magos y hechiceras un poco mayores, capaces de manejar un cuchillo sin peligro.

NECESITAS

• una tira de papel larga y estrecha (del tamaño que quieras) o muchas tiras del mismo tamaño y de colores diferentes.

• una varita de madera pequeña, más larga que el ancho de las tiras de papel

• un cuchillo afilado

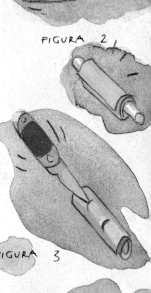

FIGURA 1

FIGURA 2

FIGURA 3

FIGURA 4

El truco de la cuerda hindú, el truco de la cesta hindú y otras misteriosas hazañas de los faquires y sabios orientales

INSTRUCCIONES

1. Puedes empezar con distintas tiras de papel apiladas unas encima de otras, o bien trabajar con una sola tira; como prefieras. Dobla el extremo de la tira de papel varias veces (figura 1) y, a continuación, enróllala en torno a la varita de madera (figura 2).

2. Saca la varita de la tira de papel enrollada y ahora, con el lado del cuchillo opuesto a la punta, *plancha* los lados del tubo de papel.

3. Haz dos cortes con el cuchillo en la mitad del tubo (figura 3) tan profundos que lleguen a los pliegues que hiciste en el extremo de la tira en el paso 1.

4. Ahora haz un corte que una los dos cortes anteriores. Dobla los extremos en forma de «U», como muestra la figura 4.

5. Con mucho cuidado, mete la punta del cuchillo por debajo del primer pliegue y sácalo, expandiendo el papel hasta que te salga la pagoda con todo su volumen.

Durante un viaje que hice a África y a Oriente con el explorador Ibn Batuta presencié uno de los trucos más sorprendentes de toda mi vida (que, por cierto, me revolvió el estómago). Yo en ese viaje iba disfrazado de alfombra, así que Ibn Batuta no tenía ni idea de que yo estaba con él. Pero ésa es otra historia. El caso es que cierto *kahn* (así es como se denomina a los reyes en la India) invitó a Batuta a un banquete con espectáculo de magia incluido. El anfitrión había prometido llevar al festín la *indrajal* (magia) más famosa: el truco de la cuerda hindú.

Un faquir lanzó por los aires una bola con una larga cuerda pegada a ella. La bola desapareció en las alturas, pero el cabo de la cuerda quedó tocando el suelo. Después el ayudante del faquir trepó por la cuerda con las manos, hasta que también desapareció. El faquir le pidió que bajara, pero no hubo respuesta, así que se ajustó bien el turbante, se colocó un puñal entre los dientes y trepó por la cuerda. De repente, las piernas del asistente, sus dedos y otras partes de su anatomía manchadas de sangre llovieron sobre los presentes (menos mal que, por entonces, yo no tenía estómago: como era una alfombra...). La gente se puso a gritar y salió corriendo, pero el faquir bajó, recogió los pedazos sueltos y los unió de nuevo. Luego, el ayudante se levantó, sonrió y saludó al público. Increíble, ¿no?

Nunca he sido partidario de cortar en trocitos a mis ayudantes y, por mucho que me lo pidas, no pienso desvelarte los secretos de los faquires. Pero lo que sí voy a contarte es el truco de la cesta hindú: un ayudante se mete en una cesta y, de repente, el mago clava en ella una espada afilada. Lo hace varias veces y, cuando empieza a salir sangre de la cesta, la gente se pone a chillar y se da la vuelta para salir corriendo, y resulta que se topan con el ayudante, que estaba a sus espaldas vivito y coleando. ¡NUNCA JAMÁS metas a un amigo o a tu hermanito en una cesta para clavarle nada! ¡NUNCA!

Una vez viajé hasta China para aprender el arte de la escritura oracular, que es una manera muy eficaz de librarse de los duendes (por entonces había uno que llevaba 82 años incordiándome). En ese país tuve ocasión de presenciar el número de la pecera, realizado por mi amiga Pei Ling Zhao (por cierto, los magos chinos están obsesionados con las peceras... debe de ser porque creen que los peces les traen suerte). El caso es que Pei salió al escenario con una gran pecera llena de agua atada a la espalda de tal modo que el público no podía verla. Al ponerse de lado, el recipiente *aparecía* en escena. Una noche, para animar un poco el cotarro, metí una piraña china en la pecera y, cuando Pei Ling puso el recipiente en el suelo, la piraña saltó del agua abriendo y cerrando sus fauces con cara de hambre. ¡Ojalá hubiera tenido una cámara de fotos a mano! La cara que puso Pei fue todo un poema, aunque, como todos los grandes, Pei Ling se lo tomó con calma, y el público jamás llegó a sospechar cuál era el verdadero truco.

PERO TÚ YA LO SABES...

Un cepo diabólico para el dedo

El origen de este artilugio es tan misterioso como el mismo Oriente. La leyenda cuenta que Mee See Lots, el aprendiz del famoso hechicero chino Soy Muy Lalgo, era demasiado vago para aprender los conjuros de cepo más difíciles, y por eso inventó este *sucedáneo*. Disfrutarás viendo la cara que se les queda a tus amigos cuando les pidas que metan un dedo en cada extremo. ¿Por qué no haces varios cepos a la vez? Seguro que querrás tener más de uno a mano...

NECESITAS

- papel de construcción de colores
- una regla
- un lápiz
- unas tijeras
- una varita de 1,5 cm de diámetro y unos 15 cm de largo o más
- pegamento blanco de manualidades
- cinta adhesiva protectora o gomas elásticas

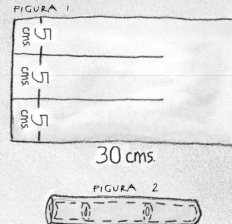

FIGURA 1

5 cms. 5 cms. 5 cms.

30 cms.

FIGURA 2

INSTRUCCIONES

1. Traza unos rectángulos de 15 x 30 cm cada uno en el papel de construcción.

2. Recórtalos.

3. Traza dos líneas que estén a la misma distancia (5 cm) y que queden paralelas al lado más largo del rectángulo. Cada línea ha de medir 20 cm de largo (figura 1).

4. Recorta las dos líneas trazadas.

5. Coloca la varita en el extremo del rectángulo donde acaban los cortes. Enrolla el rectángulo bien apretado en torno a la varita. Aplica una línea de pegamento en el extremo del rectángulo y pégalo de modo que quede en forma de tubo. Sujétalo con gomas hasta que se seque (figura 2).

6. Cuando el pegamento se seque, saca la varita y, con los rectángulos restantes, construye todos los tubos que quieras.

7. Pide a un voluntario que meta el dedo índice de cada mano en cada uno de los extremos del tubo. ¿Fácil, no? Pues ahora dile que intente sacar los dedos... Los extremos enrollados dentro del tubo saldrán y le *pillarán* los dedos.

¡ESTÁ ATRAPADO!

El misterio de la cajita de té

Los británicos empezaron a aficionarse al té por sus intercambios comerciales con China. Entonces el té era una mercancía tan valiosa que se guardaba en cajitas cerradas. El primer truco que el aprendiz de brujo inglés (perdón, quería decir el joven mago) John Nevil Maskelyne creó fue una cajita de té mágica. Metió un anillo en la caja, la precintó con cinta adhesiva y se la dejó a una persona del público... ¿Qué pasó cuando volvieron a abrir la caja? Pues que estaba vacía, y que el anillo había ido a parar ¡al dedo de Maskelyne! Aquí puedes aprender a construir una cajita de té para hacer desaparecer objetos.

NECESITAS

- una cajita pequeña y redonda de papel maché*
- pintura acrílica de colores
- un pincel pequeño
- cartulina del mismo color que una de las pinturas
- un lápiz
- unas tijeras
- bolígrafos de gel y pintura en relieve (opcional)

* A la venta en papelerías y tiendas de bricolaje.

INSTRUCCIONES

1. Pinta el interior de la caja del mismo color que la cartulina. Deja secar la pintura.

FIGURA 1

2. Pon la caja encima de la cartulina y traza el contorno de la parte inferior de la caja con un lápiz. Recorta el círculo con las tijeras, mételo en el fondo de la caja y recórtalo un poco para que no quede muy ajustado y se mueva un poco (figura 1).

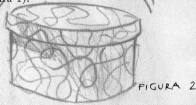

FIGURA 2

3. Pinta la caja por fuera. Déjala secar y, a continuación, decórala a tu gusto con los bolígrafos de gel o la pintura en relieve. Es importante que decores igual la parte de arriba de la caja y la de abajo —es un detalle importante, porque una caja decorada te ayudará a distraer la atención del público (figura 2)—. Déjala secar.

El truco

Cómo hacer desaparecer una moneda con la cajita de té

1. Antes de salir a escena, mete el círculo de cartulina en el fondo de la caja.

2. Abre la caja e inclínala un poco para que el público pueda ver su interior. Ten cuidado: que no se mueva el círculo de cartulina.

3. Pide una moneda a alguien del público y ponla en el fondo de la caja.

4. Cierra la caja con la tapa. Agita la caja para que el público oiga el ruido de la moneda. Di una frase mágica mientras das la vuelta a la caja, de manera que el círculo de cartulina que hay dentro tape la moneda.

5. Abre la caja e inclínala otra vez para que el público vea su interior, teniendo cuidado de que la moneda y el círculo no se caigan.

6. Haz los pasos 4 y 5, pero a la inversa y... ¡*Voilà*! Muestra al público la moneda que ahora ha *aparecido* de forma mágica.

Los anillos asiáticos que se unen

Vi este truco por primera vez en un banquete ofrecido por el hechicero vietnamita Soy Muy Lico. Hice lo que pude por ser un comensal educado y comerme todo lo que me pusieron, pero después de doce platos, tuve que hacerme un conjuro de vaciado para mantenerme en pie. En todo caso, aquí te enseño a utilizar estos aros de papel para sorprender al público.

NECESITAS

- una regla
- un lápiz
- unas tijeras
- unas cuantas hojas de papel de periódico
- pintura acrílica dorada (opcional)
- un pincel (opcional)
- pegamento

FIGURA 1

INSTRUCCIONES

1. Con la regla, el lápiz y las tijeras, marca y recorta tres tiras de papel de periódico de 2,5 cm de ancho y 1 m. de largo cada una (necesitas un periódico de hojas muy grandes o, si no, puedes pegar dos hojas distintas). Si quieres, pinta las tiras de color dorado por los dos lados y déjalas secar (figura 1). Corta aros de sobra para poder practicar.

2. Haz un corte de 7 cm de largo en un extremo de cada tira (figura 2). Pega los extremos de la primera tira formando un aro, pero ten cuidado: el pegamento no debe tapar el corte por completo. Deja que se seque.

FIGURA 2

3. Forma un círculo con la segunda tira, pero antes, gírala una vez sobre sí misma (figura 3). A continuación pega sus extremos y deja que se seque. Alisa la zona donde está la vuelta.

FIGURA 3

4. Forma un círculo con la tercera tira, pero esta vez gírala dos veces sobre sí misma antes de pegarla (figura 4). Deja que se seque y alisa la zona donde está la vuelta.

FIGURA 4

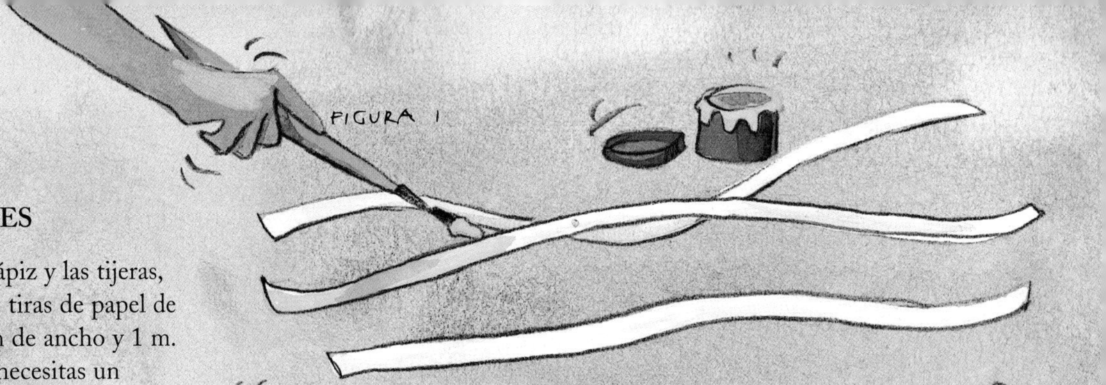

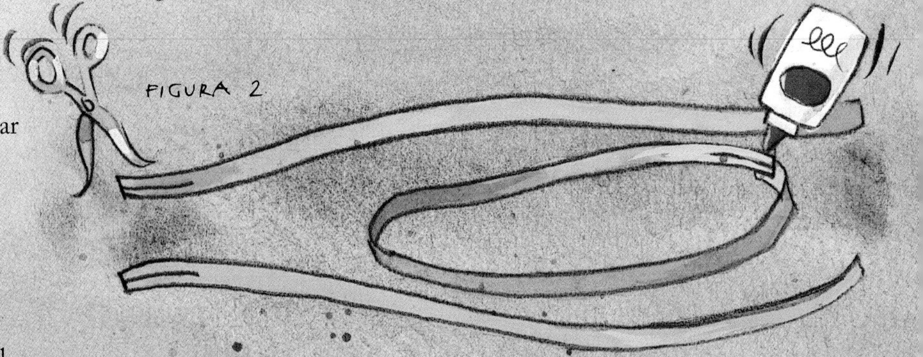

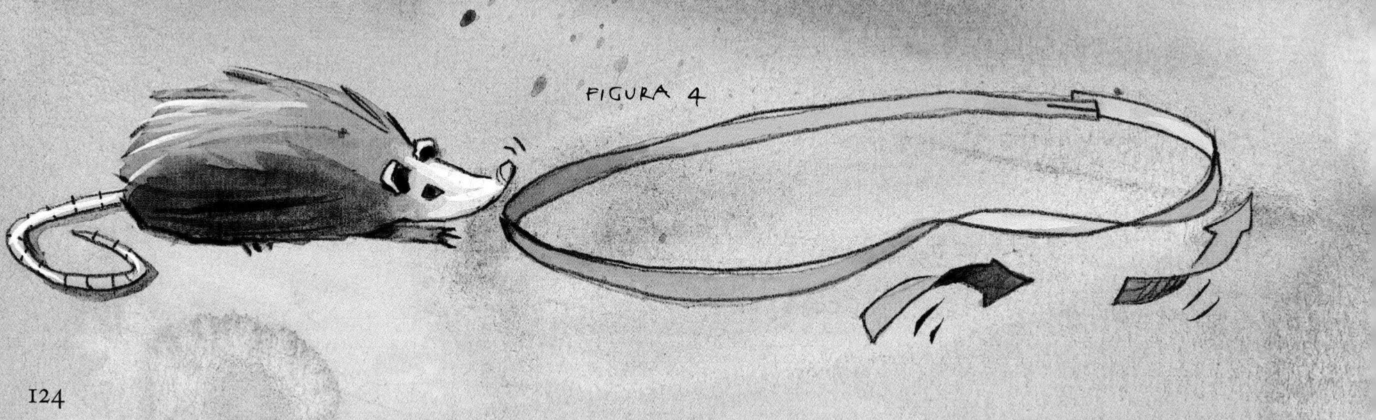

El truco

Cómo unir los tres aros

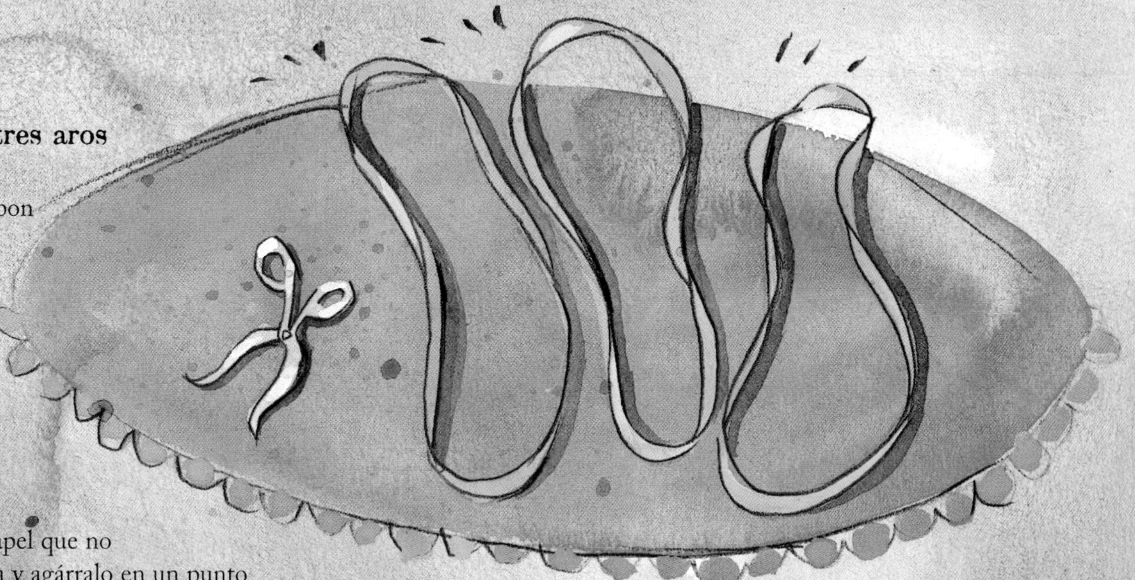

1. Antes de actuar, pon sobre la mesa las tijeras y los tres aros (con la parte de las vueltas hacia abajo y con la parte del pegamento a tu alcance).

2. Coge el aro de papel que no tiene ninguna vuelta y agárralo en un punto cercano al corte; mientras, empieza a contarle a tu público la historia del banquete de Soy Muy Lico. Ahora, mete las tijeras por el corte y vete cortando el aro en dos, por el centro de la tira (figura 5). Entretanto, di lo siguiente: «El hechicero de Lico me enseñó un secreto para hacer toda una hazaña. Primero cortaré un aro en dos. Cualquiera puede hacer eso, ¿no?». Muestra los dos aros (figura 6) y déjalos caer sobre la mesa.

3. Coge el aro de las dos vueltas. Córtalo por el medio (empezando por el corte) mientras dices: «Ahora voy a utilizar un encantamiento mágico. ¡*Circulus rotundus!*». Cuando termines de cortar, añade: «¡Ajaaa! ¡Los dos aros están unidos!» Y, efectivamente, saldrán dos aros unidos. Muéstralos al público y déjalos caer sobre la mesa.

FIGURA 5   FIGURA 6

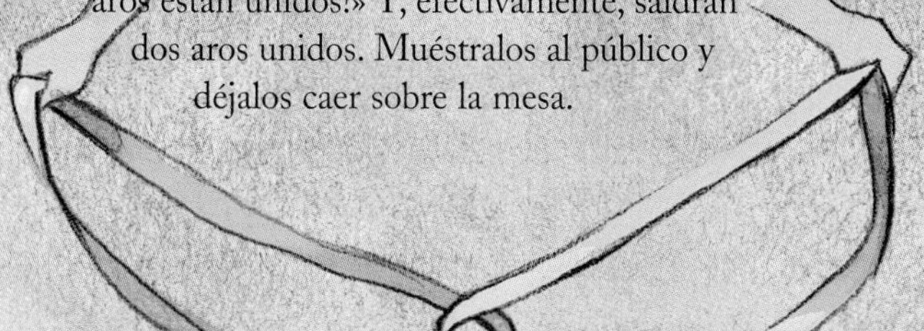

4. Ahora coge el último aro, el que tiene una sola vuelta. Escondiendo la vuelta, empieza a cortarlo como has hecho con los otros, y di: «Entonces ¿qué pasa cuando lo hacemos al revés? ¡*Rotundus Reversus Doblus Plus!*».Te quedará un solo aro gigante.

Capítulo 9

TIENES MUCHO S-U-E-Ñ-O...

La adivinación y otras hazañas de PODER MENTAL

La capacidad de los magos de adivinar no sólo el futuro, sino también los pensamientos de otras personas, siempre ha ejercido una gran fascinación sobre la gente. Por eso gustan tanto los trucos que muestran el poder de la mente. Para dejar sin habla al público con el misterio de naipes abracadabra (página 129) no necesitas más que un mazo de cartas. También puedes usar tu poder mental para modificar una fotografía, tal como puedes ver en la página 134. En cualquier caso, no hay que tomarse al pie de la letra eso de la adivinación... Acuérdate de Simon Forman, un célebre astrólogo de los tiempos de Maricastaña que, según una leyenda, predijo el día y la hora exactos de su fallecimiento: al parecer, afirmó que moriría remando en una barca por el río Támesis. Pues bien, cuando llegó ese momento no se le ocurrió nada mejor que irse a remar al Támesis y claro, murió allí mismo.

El alucinante amuleto ABRACADABRA

Durante siglos, la gente ha recurrido al encantamiento de abracadabra para curar enfermedades y protegerse de la mala suerte. Puedes dirigir el poder de la palabra *abracadabra* en función de la posición del triángulo. Si quieres hacer desaparecer algún objeto, ponte el amuleto con el vértice de la última «a» hacia abajo. Pero si lo que quieres es estimular el crecimiento, póntelo al revés. En cualquier caso, siempre te recordará cómo se escribe esa palabra.

NECESITAS

• un bolígrafo con la punta seca
• un molde para tartas de aluminio o un trozo de papel de aluminio
• unas tijeras
• una perforadora de papel
• una revista
• 61 cm de cordón o cinta de seda fina

INSTRUCCIONES

1. Mira bien la ilustración. A continuación, traza con el bolígrafo un triángulo en el aluminio de la medida que quieras. Recórtalo.

2. Haz un agujero en el ángulo de arriba para que puedas colgarte el amuleto.

3. Pon un trozo de papel de aluminio sobre la revista y practica copiando las letras en el triángulo, presionando con el bolígrafo en el metal para grabarlas. Si te concentras mucho, puedes incluso escribirlas al revés y así, cuando des la vuelta al aluminio, en la superficie se podrá leer la palabra perfectamente.

Aquí tienes mi adaptación de u[...] poema del siglo XIX sobre el encantamiento. Si te gusta, lo puedes recitar ante el público, poniéndote el amuleto con gest[...] teatrales:

Una debajo de otra, en orden colocadas,
pero la última letra de cada línea es borrad[...]
Poco a poco, los elementos decrecen,
es inevitable, pero el residuo permanece.
Al final, sólo una letra ha quedado
y todo se reduce a un cono afilado.
Átatelo al cuello con cinta dorada
y tu voluntad atraerá la magia.
Ojalá su gran fuerza me quiera
[ayudar.
pero el origen de sus poderes prefier[...]
[yo ocultar.

4. Coloca el triángulo encima de la revista y copia la palabra ABRACADABRA en el aluminio.

5. Pasa el cordón o la cinta por el agujero y ponte el amuleto alrededor del cuello. ¡Usa siempre la magia del amuleto para hacer cosas buenas!

El misterio de naipes abracadabra

Un buen mago tiene que saber escribir correctamente las palabras largas y complicadas y, desde luego, esa habilidad es esencial para este truco. Deletrea la palabra a medida que practicas: a-b-r-a-c-a-d-a-b-r-a. Los resultados te sorprenderán.

NECESITAS

- una baraja de cartas (sin comodines)

INSTRUCCIONES

1. Pide a un voluntario del público que baraje las cartas y saca veintiuna del mazo.

2. Cógelas y haz en la mesa una fila de tres cartas, de izquierda a derecha. Coloca otra fila de tres cartas justo debajo de la fila anterior y sigue así hasta que tengas siete filas y tres columnas de cartas bien colocadas, de manera que puedas ver los puntos de todas ellas (figura 1).

3. Pide al voluntario que elija una carta de entre esas veintiuna, pero que no te diga qué carta ha elegido. Lo que sí tiene que decirte es la columna en la que se encuentra la carta.

4. Recoge una de las columnas en las que no está la carta, después la columna en la que está la carta y después la otra columna.

5. Coloca las cartas tal como hiciste en el paso 2 (sin barajarlas). Pide al voluntario que señale la columna en la que se encuentra la carta elegida (pero que no te diga la carta).

6. De nuevo, recoge primero una de las columnas en las que no está la carta, después la columna en la que se encuentra la carta y después la otra columna.

7. Repite los pasos 2 a 4 una vez más. Ahora, ha llegado el momento de adivinar la carta.

8. Coge las cartas boca abajo, como si fueras a colocarlas otra vez, y dile al voluntario: «¿Sabes lo que significa la palabra mágica *abracadabra*? Significa ¡Encuentra lo que busco!».

9. Ve poniendo boca arriba las cartas que tienes en la mano. Con cada carta que coloques en la mesa, deletrea una letra de la palabra «a-b-r-a-c-a-d-a-b-r-a». Un secreto: cuando pronuncies la última «a» de *abracadabra*, ¡la carta que el voluntario eligió estará en tus manos! Su carta es la número once de ese bloque.

La persistencia de la memoria

Cada vez que iba a París, visitaba a mi amigo el escritor Marcel, que siempre me pedía que le hiciera este truco porque decía que le inspiraba mucho. Marcel se pasaba la vida encerrado en casa, y los números del truco brillaban misteriosamente en la oscuridad de su habitación, donde las paredes recubiertas de corcho y las montañas de papeles absorbían toda la luz. Cuando hagas este truco, tus amigos alucinarán con tu capacidad de leer el pensamiento. ¿Por qué? Porque adivinarás mágicamente el número que uno de ellos habrá escogido antes.

NECESITAS

- una regla
- cinta adhesiva fosforescente*
- unas tijeras
- una cartulina de 10 x 10 cm
- un rotulador de punta fina
- un trozo de cartón
- una calculadora
- un lápiz
- papel
- un trozo de tela oscura para cubrirte la cabeza

* Encontrarás este tipo de cinta en tiendas de manualidades y ferreterías. La cinta reflectante (la que se pone en las bicicletas) no va bien, compra otra.

El truco

Cómo adivinar un número escogido previamente

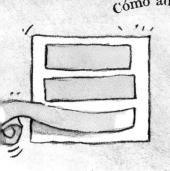

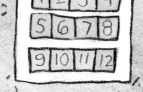

INSTRUCCIONES

1. Mide y corta tres trozos de cinta fosforescente de 9 cm cada uno.

2. Pega los trozos de cinta en la cartulina.

3. Dibuja en la cinta cuatro cuadrados del mismo tamaño con el rotulador de punta fina y escribe en los cuadrados los números que quieras (figura 1).

4. Corta un cuadrado pequeño en el trozo de cartón de las mismas medidas que los cuadrados que has dibujado en la cinta.

1. Haz este truco en un sitio con mucha luz: una mesa con una lámpara encima sería perfecta. Coloca la cartulina con los números, el cuadrado pequeño, la calculadora, el lápiz y el papel encima de la mesa.

2. Tápate la cara y la cabeza con la tela oscura y ponte de espaldas al público. Pide a un voluntario que se acerque a la mesa y seleccione un número de la cartulina. Dile que enseñe el número al público y que, a continuación, lo cubra con el cuadrado pequeño.

3. Ahora tienes que hablar sin parar: para que la magia funcione, hay que hacer tiempo. Explica al voluntario que tiene que hacer una operación matemática en la calculadora sin hablar. Dile: «Con estas operaciones y con el antiguo fenómeno que los magos llaman *persistencia de la memoria* adivinaré el número que has escogido». Pide al voluntario que haga muchas cosas (que no tienen nada que ver con el truco, pero así ganas tiempo). Puedes decirle, por ejemplo: «Suma 200 al año en que naciste. Divide esa

cifra entre 20. Multiplica el resultado por 3. Réstale a ese número tu edad. Ahora, divide esa cifra entre 10. Súmale 42. Escribe el resultado en un trozo de papel, dóblalo y dáselo a uno de los asistentes».

Sin darte la vuelta, di al voluntario que quite el cuadrado de cartón con el que había recubierto el número elegido y, a continuación pídele lo siguiente: «Por favor, ¿podrías concentrar tu energía mental hacia mí? Eso me ayudará a detectar los pensamientos que has tenido hace un rato».

4. Date la vuelta, destápate la cabeza y coge la cartulina en la que están los números. Póntela delante y vuelve a cubrirte la cabeza con el trapo para *despistar,* y explica que la tela oscura te ayuda a concentrarte.

5. Por supuesto, la cinta fosforescente brillará bajo la tela y el número que estaba tapado no brillará tanto como los demás. Tú finge que estás superconcentrado... El público alucinará cuando adivines el número que el voluntario había elegido.

Mensajes desde el éter o
Adivinación mágica de cartas

Uno de los mejores hechiceros de cartas que he conocido era Girolamo Scotto, un caballero italiano que vivió durante el siglo XVI. Girolamo siempre llevaba una pluma en el sombrero. Siempre iba hecho un dandy y las mujeres se volvían locas por él. Además, era capaz de adivinar cualquier cosa. Si un voluntario elegía mentalmente una carta de la baraja, Girolamo adivinaba cuál era; si alguien escogía una palabra de un libro cerrado, mi amigo italiano también la adivinaba... Para hacer este truco te hace falta un ayudante de confianza y buena memoria. Te daré una pista sobre el funcionamiento de este truco: podrás adivinar en repetidas ocasiones cuál es la carta elegida por algún miembro del público mientras tú estabas ausente de la sala.

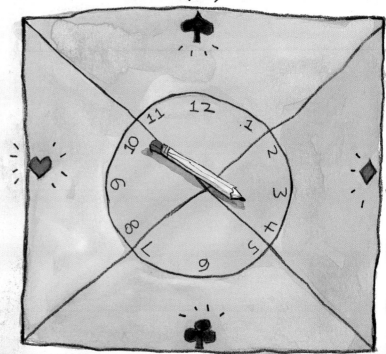

NECESITAS

- un ayudante de confianza
- una baraja de cartas
- un lápiz
- varios papeles
- una superficie lisa

INSTRUCCIONES

1. Para preparar este número tu ayudante y tú tendréis que aprenderos de memoria la figura 1, que representa un reloj imaginario situado en un tablero. La figura está dividida en cuatro cuadrantes, cada uno de los cuales representa los palos de la baraja de póquer: espadas, diamantes, tréboles y corazones. Esta distribución os ayudará a tu ayudante y a ti a comunicaros.

2. Para empezar el espectáculo, comunica al público que vas a demostrar lo fácil que es para los magos leer la mente de las personas y enterarse de sus pensamientos. Di algo así como: «Ahora voy a salir de la sala. Cuando esté fuera, uno de vosotros escogerá una carta de la baraja. Por favor, escribid el palo y el número de la carta en un trozo de papel y dádselo a mi ayudante. Enseñádsela a todo el mundo, para que sepan cuál es la carta».

3. Vete de la sala. Cuando el voluntario escriba el palo y el número de la carta y se la muestre al público, tiene que doblar el trozo de papel y entregárselo a tu ayudante junto con el lápiz. Él, colocará con naturalidad el trozo de papel en la parte de la mesa que simbolice el palo de la carta y dejará el lápiz apuntando hacia el número de la carta.

4. Cuando vuelvas a la sala, observa bien, aunque con disimulo, la colocación del papel y del lápiz. A continuación, coge el trozo de papel y, sin abrirlo, *adivina* el palo y el número de la carta... Nadie entenderá cómo lo haces...

¡Eres un genio!

El misterio de la fotografía mágica

Las hermanas Bang, dos espiritistas que vivieron a principios del siglo XX, fueron las creadoras del número de «los cuadros espirituales». Ellas colocaban en el escenario dos grandes lienzos en sendos caballetes, hacían un gran esfuerzo de concentración mental, y, al cabo de un rato, en los lienzos aparecían unas imágenes mágicas. Aquí tienes una versión actualizada de aquel truco, que combina la fotografía moderna con tus poderes mentales. Requiere mucho tiempo de preparación, más que ningún otro del libro, pero el resultado merece la pena.

NECESITAS

- una túnica, un sombrero o cualquier otro accesorio que lleves al realizar este truco
- un marco (sin cristal) de 20 x 25 cm
- una cámara de fotos
- la ayuda de un mago adulto
- una foto tuya del colegio que tenga la misma medida que el marco
- la bolsa del visto y no visto de la página 28
- un rotulador
- una cartulina o una lámina de cartón fino
- unas tijeras
- pegamento de barra
- unos cuantos libros pesados
- papel de periódico

FIGURA 1

FIGURA 2

FIGURA 3

FIGURA 4

FIGURA 5

FIGURA 6

INSTRUCCIONES

1. Ponte tus mejores galas y pídele a un mago adulto que te haga una foto mientras sujetas el marco vacío.

2. Mete la foto tuya del colegio en el marco y sujétalo exactamente igual que como has hecho antes. Posa para la segunda foto (figura 1).

3. Revela las fotos o, si utilizaste una cámara digital, imprímelas en el ordenador. Tienes que sacar las fotos a un tamaño de 20 x 25 cm.

4. Traza y corta dos rectángulos en la cartulina de 20 x 25 cm y recórtalos.

5. Pega las fotos en los rectángulos que acabas de recortar. Pon un par de libros pesados encima de cada foto y déjalas secar.

6. Toma la foto en la que estás vestido de gala con la foto del colegio y escribe en ella la fecha del espectáculo y una dedicatoria como: «Tu amigo mago te desea lo mejor». Firma debajo.

7. Ahora coge la foto en la que estás sosteniendo el marco vacío y colócala boca arriba sobre una hoja de papel de periódico. Traza el contorno de la foto en el papel (figura 4), recorta esa figura en la hoja de periódico y pégala a la parte posterior de la foto. Pon un libro grueso encima y deja secar.

8. Mete en el marco la foto que contiene la foto del colegio.

9. Pon la foto en la que sujetas el marco vacío encima de la foto que pusiste en el marco. Recorta los bordes con cuidado para que encaje perfectamente en el marco.

10. Haz una bolsa con doble fondo como la de la página 28 (figura 6).

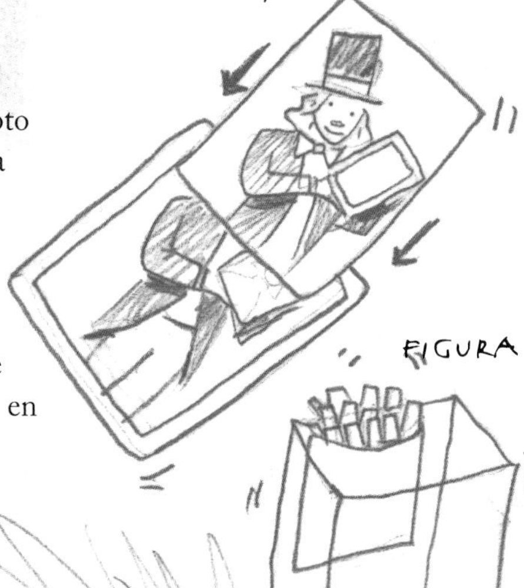

El truco

Cómo hacer que una foto aparezca de forma mágica

Además de los accesorios que has hecho, para hacer el truco necesitarás los siguientes objetos:

- 50 tiras de papel de unos 5 x 7,5 cm
- lápices
- papel de periódico
- un cuenco o una taza grande

FIGURA 6

FIGURA 7

FIGURA 8

FIGURA 9

1. Antes del espectáculo, escribe tu nombre en varias tiras de papel y colócalas en la bolsa de doble fondo (en la parte principal de la bolsa, no en el bolsillo secreto). Dobla la bolsa.

2. Coloca sobre la mesa la bolsa con doble fondo, una hoja de papel de periódico, el cuenco, lápices, tiras de papel y el marco con la foto, de modo que éste quede horizontal y boca arriba.

3. Ya está todo preparado para empezar la actuación. Pasa las tiras de papel en blanco y los lápices al público. Pide que todos los presentes (incluido tú) escriban el nombre de alguno de ellos.

4. Pasa el cuenco para que todo el mundo pueda meter la tira de papel dentro.

5. Coge con cuidado el marco con tu foto, inclinando un poco el marco para que la foto de arriba no se caiga. Si colocas los dedos en la parte superior y lateral del marco, será más difícil que se mueva (figura 6). Anuncia al público que vas a hacer aparecer un retrato de un miembro del público en el marco vacío de la foto que acabas de mostrar.

6. Extiende la hoja de papel de periódico sobre la mesa y con cuidado, sin dejar de sujetar la foto, pon el marco boca abajo sobre el papel de periódico. Envuelve el marco (figura 7): primero dobla los lados y luego los extremos superior e inferior. Coloca el cuenco con las tiras de papel encima, para sujetar el envoltorio de papel de periódico (figura 8).

7. Coge la bolsa, abre su bolsillo secreto con los dedos y mete dentro las tiras de papel que hay en el cuenco.

8. Sujetando la boca de la bolsa para que siga cerrada, finge que la agitas para que se mezclen bien las tiras.

9. Abre la bolsa, colocando los dedos por encima del bolsillo secreto y pide a un voluntario que coja una tira de la bolsa.

10. Pide al voluntario que lea el nombre en voz alta. Mientras lo haces, dirígete hacia la mesa y desenvuelve el marco manteniéndolo plano sobre la mesa. Cuando desenvuelvas el marco, la foto de delante caerá sobre el papel, pero quedará camuflada, porque su parte posterior está forrada de papel de periódico.

11. Levanta el marco y enseña al público quién sale en la foto...

El caballo fantasma, el camello encantado y John Adams y el cerdo sabio

¿Qué es más fácil: adiestrar a un cerdo o hacerse mago? Mi amigo, el británico William Frederick Pinchbeck, pensaba que adiestrar a un cerdo, pero no le hagas caso... No permitas que eso te desanime. El cerdo sabio era el número inicial del espectáculo de William, con él recorrió toda América del Norte. Ese cochino de color rosa era capaz de hacer cuentas y deletrear palabras cogiendo naipes del suelo. Por supuesto, William tuvo algún que otro problemilla cuando su estrella empezaba con exigencias... Y las cuentas de comida eran astronómicas.

John Adams, el segundo presidente norteamericano, quiso asistir a uno de los espectáculos del cerdo sabio en directo (no sé yo qué opinaría la señora Adams acerca de la idea de llevar un cerdo a la Casa Blanca, aunque dicen que era una mujer muy comprensiva). Tras el espectáculo, Pinchbeck aseguró que el presidente había aplaudido mucho, pero se difundió un rumor que aseguraba que el cerdo sabio no había querido responder a ninguna pregunta relacionada con asuntos de Estado y que, cuando le presionaron, se puso a chillar y se escondió bajo una mesa.

Un buen día, Pinchbeck se cansó de las giras y escribió un libro en el que explicaba todos sus secretos y desvelaba cómo había adiestrado al cerdo. Él contaba que, cuando el cerdo cumplió dos meses, Pinchbeck le puso delante, en el suelo, un mazo de naipes. A partir de ese momento, cada vez que el animal cogía una carta, recibía un trozo de manzana. Después, su amo le enseñó a coger una carta que tenía una esquina doblada cada vez que él (Pinchbeck) se tocaba la nariz. El público nunca llegó a darse cuenta de que el dúo jamás actuaba cuando Pinchbeck estaba acatarrado. Lo que más le costó a Pinchbeck fue que el cerdo hiciera cálculos matemáticos en su cabeza a toda velocidad. Por entonces, yo le pedí a William que hablase más sobre el nivel intelectual de los cerdos... pero el muy cochino se negó en redondo...

El célebre mago Harry Blackstone estaba especializado en hacer trucos mágicos con animales. El más famoso era el del caballo fantasma. Harry ensillaba un gran caballo blanco y entraba en escena montado en él. Una vez en el escenario, el mago se metía en una tienda de campaña. Después, sus ayudantes quitaban rápidamente la tela de la tienda, dejando expuesta su estructura... ¡Pero el caballo había desaparecido! A veces, Harry también desaparecía, pero en otras ocasiones seguía allí de pie, con la silla de montar entre las piernas y una expresión confusa en el rostro. A todo esto, el caballo estaba escondido tras un fondo falso de la tienda del mismo color que el fondo del escenario.

Un día, estando de gira en Iowa, a Blackstone le ofrecieron un camello. Y vosotros pensaréis... ¿Qué hacía un camello en Iowa? ¡Buena pregunta! Digamos que el número de Harry necesitaba un toque exótico, y llevar un camello desde Arabia no fue nada fácil, ni siquiera para un mago... Pues esa misma noche, Harry anunció que su camello encantado iba a desaparecer en escena. Hizo el truco del caballo fantasma, pero sustituyéndolo por el camello, y todo salió genial, hasta que el público se puso a aplaudir. El camello, que era un poco vanidoso, se dio cuenta de que el aplauso iba para él, y ni corto ni perezoso sacó la cabeza por debajo del fondo falso de la tienda para saludar, ¡echando a perder el truco de su desaparición! Blackstone volvió a trabajar con el caballo y no volvió a utilizar nunca al camello. Bueno, yo te aseguro que mis intenciones eran buenas al contarte esto...

INSTRUCCIONES BÁSICAS de DECORACIÓN

Siempre me ha encantado decorar mis cosas, y a ti también te gustará. Una vez que hayas escogido tus dibujos favoritos, cópialos a mano o fotocópialos, ampliando o reduciendo el tamaño como mejor te parezca. Hay varias maneras de reproducirlos, dependiendo siempre del material que vayas a usar.

Para decorar TELAS

Reproducción de dibujos

Fotocopia el dibujo y córtalo. Ponlo encima de la tela y traza su silueta. Utiliza rotuladores de tinta soluble, tiza de tela o un lápiz bien afilado.

Pintura para tela

Pon siempre papel de periódico debajo de la tela (o entre dos capas de tela) antes de pintar. Sigue las instrucciones del fabricante que aparecen en el paquete respecto al uso de la plancha para fijar los colores. Pide ayuda a un mago adulto.

Recortes

Utiliza los diseños para cortar figuras de distintos colores y texturas en tela o poliespán. Pega las figuras de tela en la superficie con pegamento de manualidades blanco, pegamento superadherente o entretela adherente.

Accesorios decorativos

Si quieres, aplica cordones o cintas decorativas a la tela. Puedes coserlos o pegarlos con entretela adherente o con pegamento especial para telas.

Para decorar MADERA o PAPEL

Reproducción de dibujos

Fotocopia y recorta los dibujos que elijas y ponlos encima del papel o la madera. Traza su silueta a lápiz. Si trabajas sobre una superficie vertical, pégalos con cinta adhesiva para que queden bien sujetos.

Pintura acrílica

Recubre la zona donde vayas a trabajar con papel de periódico o plásticos. Puedes utilizar cualquier tipo de pintura acrílica para madera. Si utilizas pintura en *spray*, conseguirás una capa de base rápida y homogénea (ideal para las prisas). Pide ayuda a un mago adulto.

Otros materiales decorativos

En la madera y el papel se pueden usar bolígrafos de gel, pintura en relieve, rotuladores, pegamento y pinturas de colores. ¡Deja que tu imaginación de mago te guíe! Lee bien las etiquetas de los productos y asegúrate de que son para madera y papel.

DOBLA UN ALFILER CON UNA DE ESTAS FORMAS PARA HACER LA COPA FANTASMA Y EL CUENCO DE PESCADO INVISIBLE DE LA PÁGINA 65

PLANTILLAS

Fotocópialas

PLANTILLAS MÁGICAS PARA EL TRUCO DEL CORTE MÁGICO DE CARTAS DE LA PÁGINA 64

PUEDES CALCAR O COPIAR ESTAS IMÁGENES Y UTILIZARLAS PARA DECORAR TU ROPA, TUS PÓSTERS Y TUS PROYECTOS, O TAMBIÉN PUEDES HACERLOS TÚ MISMO...

EL MAGO se despide

Después de haber leído este libro estoy seguro de que ya estás dejando alucinados a tus amigos y a tu familia con todas las sorpresas y trucos que has aprendido. Me lo he pasado en grande compartiendo mis secretos contigo y hablándote de mis amigos los magos. Utiliza todos los conocimientos que te he ofrecido pero, sobre todo, úsalos para hacer el bien.

Cuando hagas magia, espero que te des cuenta de algo que yo tardé dos siglos en aprender: lo increíblemente divertido que es y la gran satisfacción que se siente cuando haces feliz a la gente. Como sabes, uno de los cometidos de los magos es mantener la capacidad de asombro del mundo entero.

A veces los magos tenemos que ocuparnos de otros asuntos, como dragones que no saben comportarse, o gnomos extraños que van dando golpes por ahí. Pero yo creo que tan importante como eso es combatir lo que yo llamo *la monotonía de la vida*. Me refiero a esa actitud de «yo estoy de vuelta de todo» que adoptan algunas personas al hacerse mayores. Pues a toda esa gente yo le digo: ¡No seáis bobos! ¡Despertad de una vez! La magia está a nuestro alrededor; sólo hay que abrir bien los ojos para verla... Ahora has aprendido muchas maneras de hacer magia tú solo.

Así que voy a despedirme por ahora. Pero ten en cuenta que me encanta utilizar mis conjuros de invisibilidad para presenciar el progreso de los aprendices de mago. Si alguna vez, mientras practicas la magia, oyes una risita fantasmal o el leve sonido de una túnica al moverse... ¡Sigue a lo tuyo y disfruta!

AHORA, SI ME DISCULPAS, VOY A DESVANECERME EN EL AIRE

Índice alfabético

continúa